九十自述
我就是个乡下人

郑重 著

Copyright © 2024 by SDX Joint Publishing Company.
All Rights Reserved.
本作品版权由生活·读书·新知三联书店所有。
未经许可，不得翻印。

图书在版编目（CIP）数据

九十自述：我就是个乡下人/郑重著. -- 北京：生活·读书·新知三联书店, 2024. 8. -- ISBN 978-7-108-07866-7

Ⅰ.I267

中国国家版本馆 CIP 数据核字第 2024LQ0908 号

特约编辑	陈飞雪
责任编辑	卫　纯
装帧设计	薛　宇
责任印制	卢　岳
出版发行	生活·讀書·新知 三联书店
	（北京市东城区美术馆东街 22 号 100010）
网　　址	www.sdxjpc.com
经　　销	新华书店
印　　刷	三河市天润建兴印务有限公司
版　　次	2024 年 8 月北京第 1 版
	2024 年 8 月北京第 1 次印刷
开　　本	787 毫米 × 1092 毫米　1/32　印张 7
字　　数	117 千字　图 24 幅
印　　数	0,001 - 5,000 册
定　　价	38.00 元

（印装查询：01064002715；邮购查询：01084010542）

父亲

母亲

父亲与少时的海歌、海瑶俩兄妹

父母亲和他们的第三代

目 录

大郑家：一个没有文字历史的村庄　1

故乡风物　5
关老陵　5
方言　8
老人的辫子和妇女的小脚　13
土地庙、扫天婆、砂礓地　22
石槽、石碌、石磨、石臼　31
看青人　45

我家的家史　52
我的一次经历——被绑票　62
我家的西堂屋　71

农业文化在我家　80

小农经济在我家　92

民风民俗在我家　109

大领　121

一汪荷花　133

青纱帐　147

双庙小学　160

大店集　174

再说我家的西堂屋　185

漫长的小学生活　191

大郑家：一个没有文字历史的村庄

这个村庄的名字叫大郑家，分成三个群落，居民近百户，绵延一里许，非附近的村庄可比，因为它大，故称之为大郑家、大郑家村，或大郑村。

大郑家虽然是"大"字当头，但没有宗祠，没有祖谱，也没有家谱，所以是一个没有文字记载的村庄。居住在这里的郑氏，什么时候又从什么地方移居迁徙而来，都无从知道。我少时还看到荒郊之野，坟地连绵，棺木腐烂，有的尸骨无存，坟头长满杂草，各家还知道哪是自家的祖坟，每年清明还去祭扫，在坟前烧一些纸钱。但是坟里埋的是哪一代祖宗，叫什么名字，也就无法知道了。同为郑氏，彼此还有远近亲疏，但没有族谱和家谱，在哪一代是同宗共祖，也都无法知道，彼此的关系只是代代口头相传而已。

在大郑家村，既没有名门望族，也没有书香门第，识字的人很少，在我之前，没有现代学校，村子里有一所私塾，也就是七八个学生,老师的水平只能教教《三字经》《百家姓》之类的启蒙课本,对《论语》也只能读文识字,无法讲解,所以教出来的学生也只能看看流行在村间的绣像唱本,写信作文就是很难的事情了。后来实行农业合作化及人民公社,那种自然的乡村群落变成了生产队。大郑村分成三个生产队,我们属郑二生产队。在我们那个生产队里,连记工分的人都没有,还是从别的生产队中找到一位能记账的人,划入我们的生产队,担负记工分及账目工作。

从我记事起,我们那里就成为游击区了,也就是皖东北根据地,共产党的行政组织称之为宿东县,有县、区、乡一类的政权机构,经历了和日寇、伪军共存的时代,也有过国民党和共产党共存的时代。奇怪的是,没有人为日伪做事,没有人参加国民党,更没人到国民党政府或军队做事,也没有人参加中国共产党。直到解放战争前夕,只有我们家的"大领"参加了中共地下党,他不识字,始终是农民,在家中种地,即使新中国成立之后,他都没有担任过生产队的干部。再者,我们大郑村既没有地主,也没有富农,用阶级分析的观点来看,没有阶级矛盾,也没有政治派系的矛盾。可能正是这种生存环境,村子里的人都能和谐相处。左邻右舍也会有利益上的冲突,无非是谁家的鸡啄了谁家的菜,谁家的猪拱了谁家的园子,或者谁家的羊吃了谁家的庄稼,都是口角边的是非,遇到邻里纠纷也能化解,不会发展到斗殴打架的程度。即使是饥荒之年,我们村子里可以说没有漂流在外讨饭为生的。这可能像唐朝白居易笔下的《朱陈村》,"生者不远别,嫁娶先近邻"。朱陈村在萧县所辖境内,和我们大郑村相去也只有几十里,"生者不远别",穷家难舍,故土难离,自古都是如此。宋朝苏轼在徐州任上,也到过朱陈村,并写了两首诗,其中一首有句云:"闻道一村惟两姓,不将门户买崔卢。"崔、卢是唐朝的士族高门。这表明朱陈村人家,民风淳朴,两姓为婚,不涉势利,过着淡泊自守的日子。我少年时代的村俗民风仍然是"淡泊自守"。我们那里有句俗话,糠菜半年粮。严重困难时期,吃树叶、树皮、河里的水草度日,亲邻之间相互调剂帮助,同舟共济,也就度过荒年,这种宁静得如世外桃源的生活,我在少年时代都经历过。

时代发展了,农村在变革中,农村城市化,原来的居民都迁移到新居,许多村庄消失了。随着村庄的消失,农村文化及风俗习惯也都改变了。但我的故乡大郑村目前还没经城市化和建设新农村的改造,物质生活虽然有了很大的变化,原来的文化仍然存在,沿着固有的惯性在发展。我少年时看到老有所养,几乎没有听到儿女不养父母的事。直到今天仍是如此。对长辈,无论是人前或背后,很少有直呼其名的,往往是在名字后面加上辈分的称呼。红白喜事的礼仪仍保留到现在,比如村子里有老人去世,远近邻里都伸手相助,现在即使打工在外的已婚男性,无论在天南海北,无论路程多远,都要赶回来参加丧葬仪式。看来,这固有的传统文化不只是对我,对于从这个没有文字历史的乡村走出去的后代,也有着剪不断的一缕缕的乡情。

我就出生在这个没有文字历史的村落里。1950年,我小学毕业后即负笈求学,至今已经七十年了,我也到得米望茶之年,垂垂老矣。读了几本名家回忆录以作消遣,那些大都是八十岁以后的晚年之作。我想,人到了晚年,才能品评青少年时代诸事的滋味。不过他们都出身名门,名家写名村名人名事,我们村没有读书人,更没有名人,因之也没有名人居处"轩""斋""堂"等风雅韵事,所以像我这样的出身普通农民家庭的人,不敢效法他们。但村野之人不妨用村言村语写村人村事,也就是乡下人写乡下事,这样从中找到我的灵魂,看看这样的乡村,给我的灵魂注入了什么。

故乡风物

关 老 陵

关老陵不只是我少年时代玩耍的地方，它有着几分神秘感，也是我崇敬的地方。关老陵是郑氏家族的祖先墓地，方言把"陵"读成"林"，把墓地称之为陵，是古文中的用语，古代皇家墓地才称为陵，如陕西的一些帝王陵墓、南京的明孝陵、北京的十三陵。我们的先人有着朴素的天高皇帝远的思想，不把祖先墓地称为坟或冢，而称之为陵。

关老陵有七八座坟墓，不是公共墓地，埋葬在那里的只是郑氏的祖先，可能是创业的祖先，看那几株要好几人手扯手才能相抱的大树，关老陵的出现，应该在很久以前。春天来了，关老陵就像一个大花园，花木虽然谈不上名贵，但乡间杂草野花都能找到，诸如马尾松、马兰花、牵牛花、紫藤、青藤、蔓牵莲，蜜蜂蝴蝶飞舞在花丛中。村人不会采摘这里的花朵，还会把路边好看的野花移到这里。特别是那几株唐梨树，高大的枝干直拂云霄，树盖如伞，覆盖着几亩土地，远远看去，阴森森的，风声如涛，夏天就是一个清凉世界。特别是秋天，经霜的树叶，紫红如丹，如同纽扣大小的唐梨也青中泛紫，味道涩甜可口。我们一群少年就会涉足墓地，爬到树上采唐梨果实，就地而食。吃不完就把果实埋在土里，到冬天挖出食之，味道更甜。有时带回家，春节时摆在供桌上，供奉自家的祖先。

一年之中最热闹的是清明祭祖，祭祀者除了大郑村的代表人物，还有散居在香神庙周边的郑氏及曹、王、浦三姓的代表。相传曹、王、浦、郑四姓结伴而行，从西边东行移民，在路上结为兄弟，订下金兰之交，四姓中除了郑姓有四个男儿，其他三姓都没有男孩，为了香火相传，郑家把三个儿子分别过继给曹、王、浦三家，因为贫困，没能建设宗祠，只留下黄土数坯。每年清明，曹、王、浦三姓者，选派代表前来寻根祭祖，如郑氏有人去了这三姓的村子，无论住多长时间，他们都轮流接待，其他三姓的人来到大郑村也是如此。

我在双庙小学读书时，有一位名叫曹炳秀的同学，是湖西曹家的人，比我低一班，也比我晚一辈，见我时总是要在我的名字下面加一个"叔"字。还有曹锋也是湖西曹家人，比我晚两辈。他已经在县机关做了干部，见了面总是把我称为"老"。这似乎已成规矩。同样，我们见到曹、王、浦三姓的长辈，也是以辈分相称。宗族文化就是以血缘为纽带的，代代相传，延绵不断。传说中，郑氏祖坟是风水宝地，最初取土筑坟，白天取土，留下的凹坑到晚上就填平了，如此数年，坟墓越筑越高，可是取土的地方仍然是一块平地。一位风水先生路过此地，看了这是一块宝地，就设法破之，一天挖土结束，他悄悄地把一把铁锹插在挖土的地方。第二天村民一看，挖土的地方不但没有填平，反而有一坑血水。一穴好的风水给破坏了，所以郑氏没有读书中举而为官的人，不知多少年过去了，那个坑始终没有被雨水泥沙淤平。少年时代我们一群伙伴还在那坑里玩过。陵墓的周围有四条乡间土路交叉，呈井字形，郑氏陵墓就处在井字中央，村人称之为"四马抬桥"。

以上坟来纪念祖先是郑家村普遍采用的仪式。我们村里把祭祖称之为"上坟"，家祭都比较简单，就是在坟前烧些纸，讲究的还摆上酒及供果，并不举行什么仪式。除了清明之外，还有农历的七月、十月及腊月，俗语说"清明上前不上后，十月上后不上前"。除了自家上坟，亲戚之间也有上坟的，出嫁的女儿给逝去的父母，其他如给外祖母、外祖父、姑母，都是在清明上坟。

我们村子的人，家中不立先人的牌位，最多挂上一张纸质的中堂，上画有亭台楼阁，也画牌位，牌位上写祖先的名字。我家的主屋内就挂有这样一幅中堂，牌位只有我曾祖及祖父的名字，再往上的祖先就不知道了。三十年前，郑氏兄弟曾约我做一本家谱，我为此回去了几次，聚集曹、王、浦三姓商量。家谱是做出来了，只是一本现代家谱，家谱中祖上的名字都搞不清了。我看他们编家谱所提供的材料也感到奇怪，曹、王、浦三代的人丁仍然不是太兴旺。

淮海战役时，大郑村已经是战争的后方，囤积了大批粮食，关老陵的空地之上则建立了后方野战医院，许多受伤的战士从前线退下来，在这里经过治疗又回到前线。随着人口增加，村子向外扩展，关老陵的地盘逐渐缩小直至消失。一次回乡，郑氏兄弟告诉我关老陵也埋在路的下面了，路边有座墓穴塌了，要我去看看。墓室呈拱形，用青砖砌成，墓室里都是清水，骸骨不见。他们干脆用泥土把墓给填平了。墓葬的出土文物可以见证历史，但这个墓里没有任何陪葬品。故乡经过修河、挖塘、打井，不知填平了多少墓室，但都是薄葬，并未发现富而特别的陪葬品，更没发现什么历史文物，都说明这个地方自古以来就是贫穷的、封闭的，和外界没有什么交流。

方　言

乡音铸入灵魂之中，相伴终生，唐朝诗人贺知章"乡音无改鬓毛衰"，对故乡有着无限的眷恋。他是宁波人，宁波人说宁波话,地方色彩极浓,现在仍然不易听懂。项羽、刘邦争霸天下,决战于徐州九里山之前,项羽兵败走睢溪,后向东南方败走,行到垓下,不得不别姬而逃。垓下即今日之灵璧县,虞姬墓还在。在这场争霸中,项羽夜闻四面楚歌而军心涣散。秦汉时期,从历史记载看,项羽兵败所经过的路线,也恰是我家乡所在之地,楚歌应是在这片土地上居住的先民之歌谣,也显示出乡音语言的力量。大郑村所在地宿县,语言很有感染力,听之令人销魂,我们家乡的地方戏曲其名即是"拉魂腔",很有地方特色,宿县人无论走到哪里都是乡音不改。我在上海生活近七十年,说的仍是宿县话,朋友为我刻了一方印章,即"宿州郑重乡音未改",我现在还经常使用。我的一双儿女幼时在故乡跟着爷爷奶奶生活,上小学才来到上海,无论说普通话或上海话,总是乡音韵味仍在,不是有意为之,乡音与灵魂融在一起,是自然流露。

我的家乡处于两河之间,北有黄河,南有淮河。我生长在淮北大平原,既无隐隐青山,又无长流的绿水,是一望无际的大平原,举目望去,在遥远的地方,大平原和蓝天连在一起,天空就像一个锅盖把众生罩在下面。前人词中写的"汴水流,泗水流,流到瓜州古渡头",距我家十多里有汴河,村后新开的河道就叫新汴河,还能说明它与汴水的渊源。从山东泰沂山脉流出的汶水、泗水,都由北向南,流经淮河以北,包括鲁南、豫东、苏北流入京杭大运河,再入长江,所以古人的"流到瓜洲古渡头",地理观念很明确,瓜洲就在长江边上。而我的故乡皖东北却是泗水流经的中心地带,是一片无雨大旱、有雨大水的贫瘠土地。如今汶、泗二水都消失了,但历史并没有忘记它。我送一方宿州特产乐石砚给壮暮翁谢稚柳先生,他在诗中还提到"梁泗久传乐石名",泗即泗水,一方水土养一方人,也培育了一种特殊的语言。

大郑村属于宿县,地理位于南方和北方之间,所以这个地方的语言也有着不南不北的性格,我到南方,他们听我讲话会认为我是北方人;我到了北京,那里的人又会说我是南方人。而事实上,我既不是南人,也不是北人。宿县方言中有许多夹杂着古语,如关老陵中的"陵"字就是古代用语。宿县方言的特点引起了专家研究的兴趣。我在宿城二中读高中时的语文教师谭沧溟先生,原是安徽某大学副教授,专门研究语言学,下放到宿城二中教语文时,就发现宿县方言的特点,开始搜集语言资料,还为《文汇报》社会大学副刊写了几篇文章,我们也都以有了这样的教师为骄傲。后来谭老师又回大学任教,还关照在宿县的老师和同学为他收集资料,他还对宿县的方言做了专题调查研究。

宿县方言流行的范围南不过蚌埠,北不过枣庄,西到河南的永城、商丘,东不过灵璧,但是最爱这种方言的还是宿县人。有一位中学同学邹宪潮,北京大学毕业后到宁夏去工作。有一次来到上海,杨在葆和夫人夏启英、李从先和夫人崔开兰、我和妻子武仲英与他相聚,我们都毕业于宿城一中,在一起都讲宿县话。杨在葆的乡情更浓,在家规定孩子们也要讲宿县话,不能叫他和启英"爸爸""妈妈",要用宿县话喊"俺大""俺娘"。邹宪潮听我们和他讲宿县话,激动得泪流满面,说他好像又回到家了。吃饭的时候,我们用家乡话把夹菜说成"你刀,你刀"。崔开兰说你们都土得掉渣,还用上海话说这句宿县方言。李从先说她,就你一天到晚嗲嗲啦啦的,说得大家都开怀大笑。嗲嗲啦啦,宿县方言是撒娇的意思。崔开兰平时讲上海话,在家中也讲上海话,搞得李从先很不适应。"嗲嗲啦啦"即包含着上海话"嗲"和上海话"嗲来兮",是同样的意思。关于"刀菜",上海知识青年初到大郑村也闹了不少笑话。他们和农民熟悉了,农民请他们吃饭,让他们吃菜时说"你刀,你刀",知识青年开始时不懂,就用筷子在菜碗中捣了起来。他们回到上海,有时也把"你刀,你刀"带到饭桌上来。

谭沧溟老师回到大学教书之前,用毛笔在笔记本上给我留下这样几句话:"冷静地思考问题,刻苦地钻研学问,深入地体验生活,愉快地迎接现实,勇敢地解决困难,热烈地创造前程",下面落款"一九五四年正月临别前夕赠郑重同学,沧溟",算是临别赠言。字是板桥体,写得很别致。1956年,我来上海读书,他很高兴,来信鼓励并告知他对宿县方言研究颇有收获,这种方言范围虽不广,但吸收南北话及古语,糅合在一起，很有个性，很形象，从宿县人口中说出来，颇显骨气。时隔一年，谭老师落入政治运动之中，被发配到矿山采矿，未能熬过1959年。

谭老师的宿县方言研究后继有人，中学同学孔瑾，中学毕业考入山东大学中文系，毕业后被分配到北京中央民族学院任教，但对乡音却是魂牵梦绕，退休之后，把他收集的宿县方言八千余条，编成一本《乡音》，苦于没有出版社接纳出版，还是我的母校宿城二中在"郑重图书馆"开幕之际，作为学校的乡土教材印了，发给每一届学生。学友们不但在校期间阅读，中学毕业后远游求学或谋生，我想有的也会把《乡音》装在行囊中，带着乡魂远走他方。

孔瑾整理记录的乡音都是来自生活的方言，且录数条于后：

麻叶子。我们小时候母亲做的一种零食，很薄的面饼，加以芝麻和糖，切成菱形，放在油锅里炸，呈黄色，香脆可口。由芝麻而来的还有麻片，用芝麻和白糖熬出来的薄片，透明香脆，商店里常卖，加以包装，就成了高级礼品，当地的人情往来，常以此相赠。

孬熊。一是指坏蛋，一是指胆子小，是农村常用来骂人的话，但并不伤感情，也是口头语。

能屌台。没有本事，而又欢喜逞能。如说某人没有本事专会说大话，就会说他能屌台，也成了口头语。

皮锤。拳头，我们家乡有句俗语：偷书不为贼，逮着给他两皮锤。两个孩子打架回家告状时会说：他用皮锤揣我，如此等等。

猛子。我们小时候在河里游泳，潜游即叫扎猛子。如这孩子的水性很好，一个猛子扎多远。用力很大，也说用劲儿过猛，有时也指勇敢，如这个人很猛。

瘆。紧张害怕的心理。南方北方都用这个字，我们那里把猫头鹰看作是主凶不祥之鸟，民间有说半夜听到猫头鹰叫，真瘆得慌。

奸屌楚。意思是办事不肯尽力或不愿帮助别人。有一次我要到国外探亲，怕行李超重，家中的磅秤又坏了。我向弄堂口收破烂的人借秤，他不肯借给我。我从口音知道他是宿县人，就说：你真是奸屌楚。他的态度马上变了，说：你也是宿县人，拿去用好了。这是乡音起了沟通作用。宿州方言，听起来语气很重，但不伤和气，在严肃中，带着温婉甚至亲切。

老人的辫子和妇女的小脚

对中国人的辫子文化，我是从鲁迅的作品中了解和认识的，它是一种保皇文化的象征。留辫子的人视辫子为生命，鲁迅的作品是这样写的。对妇女的小脚也是如此，也是从外国人对中国妇女的小脚的嘲笑而认识小脚。小脚也是落后文化的代表。国外有的收藏家专门收藏中国小脚绣花鞋，从绣花鞋的大小尺寸来看，中国妇女的小脚真可谓三寸金莲了。最近看了《觉醒年代》，电视剧中辜鸿铭先生是留着辫子的，像他这样的人，留学国外多年，又懂多种外国语言，为什么那样钟爱一根辫子？是文化，是保皇，还是习惯？我没有更多的深思。但是在我少年时代的乡村，见过几位留辫子的长者，也看到过几位裹着小脚的妇女前辈。

他们的年龄都比我父亲要大得多。我父亲那时正是青壮年。他们都已经是很老的老人了，有的九十多岁了，应是清朝同治或咸丰两朝生人。

第一位留辫子的老人本名郑天才。按照郑氏宗祖辈分的排列：广、兴、善、明、德、永、庆、福、元、祥，他的辈分高出太多，村里人就按晚辈对长辈尊敬的称呼，喊他"老白毛"，有点儿叫老祖宗的意思。村子里男女老少对他都很尊重，见到他打躬作揖地喊一声"老白毛"。我小的时候，老人已经须眉皆白，不能再种地了，冬天拥着被褥在院子里晒太阳，夏天穿着白裤白衫坐在门前一棵大树下乘凉，满身仙气，像一位仙人。我们经常到他身边去玩，捋捋他的胡须，捋捋他的辫子。有的调皮的小朋友把他脱在一边的布鞋踢得老远，他仍然慈眉善目，不生气，只是说：别闹，别闹，回家吃饭去。有时我们给他一块糖,他会放在已经没有牙齿的嘴里,津津有味地咀嚼着。老人没有子女,领养了一个儿子,名叫发枝,因为不长头发,大家都叫他为秃发枝。他的辈分虽然很高,但人们对他并不像对"老白毛"那样尊重,因为他毕竟不是郑氏血脉。在农村是很讲究血缘的,虽然给他取名发枝,意思是希望儿孙满堂地发展起来,但他家人丁并不兴旺,并没有像"老白毛"希望的那样。他们是独门一家,没有同宗同祖的人家。发枝也没有后代,"老白毛"一家就这样消失了。

阴风大爷是我们家邻居,和我父亲都是"善"字辈,年长于我的父亲,我称他为大爷,即伯父。我们那里的称呼都很别致,称祖父辈的为姥,称祖母辈的为奶,称父亲曰大,母亲曰娘,其他如叔、姑、姨、舅的称呼基本和其他地方一样,没有什么区别。

阴风大爷叫什么名字,我不知道,为什么称他为阴风,我也不知道。他留着山羊胡子,辫子盘在头上,是种庄稼的好手,日子过得很红火,有两个儿子,大儿小名磨,我叫他为磨哥,磨哥儿子小名叫祥,和我同年。磨哥的弟弟小名为饼,我称之为饼哥,饼哥有一个儿子名书旗,少年时就夭折了。由于他家人丁旺盛,又比较富裕,村子里当时就有顺口溜:大郑家,两头尖,阴风扬场不用锨,磨的号子饼的鞭,祥娘烙馍旗娘翻。磨哥耕地、赶车、打场,常常会哼着嘹亮的号子，拖音很长，几起几伏，又有几个转弯，很好听，他的号子在我们村子是出了名的。

阴风大爷在农闲时打兔子、打鸟，家中有一杆火枪，火药也是常备的。有一年冬天，他摆弄火枪，不知道为什么火药着了火，把他的脸给烧了，小辫子和胡子都烧焦了，残缺不全，他干脆把辫子和胡子都剃光，对他来说一切都在平静中，并没有因为剪辫子而带来伤感。

善彩大爷也是留辫子的人。他的辫子又粗又亮，不知是擦了什么油，大辫子闪闪发光。他每天都把梳得很光的辫子编得很紧，他的夫人双目失明，我喊她瞎大娘。她不可能为善彩大爷整理梳妆的。在我的印象中，善彩大爷不苟言笑，说话很冲，脾气古怪，也就是对什么他都看不顺眼，到处挑刺。我们小朋友都怕他，遇到他都躲着走。但是对他那根有着几分威风的辫子都极有兴趣。有位小朋友听大人说郑善彩的辫子是假的，我们商量如何能弄清他的辫子的真假。有一天，趁他睡觉的时候，程仁忠想办法到他的屋子里，看到洗好的假辫子挂在床头晾着，知道他的辫子是掺了假的。善彩大爷的辫子有着助威的作用，他是村子里的头面人物，大事小事都要有他出场才能搞定。每当出门，他一只手捉着长袍的前襟，一只手握着辫梢，谈话到关键时刻，他用辫梢敲打着桌边；他不高兴时，把头摇摆着，辫子就会飘动起来。善彩大爷有兄弟五人，只有他的二弟是留辫子的，弟弟的辫子可没有哥哥那样讲究，常能从他的辫子中找到虱子。

还有两位留辫子的老人，一位是郑兴道，一位是郑善学。郑兴道按辈分与我爷爷同辈，可能与我外祖父那边有什么亲戚关系，我母亲称他为表叔。郑兴道也是我们村子里的头面人物，他头戴瓜皮小帽，辫子拖在背后，穿着灰士林长衫，腰中扎一条黑色腰带，辫子被束在腰带间，为了处理事情，常在村子里走来走去。他不像善彩大爷那样张扬，性格沉静，但他更健谈，总是在不动声色中就能把事情处理好。他有个儿子，身材高大，大家都叫他大洋人。善学大爷穿着藏青色长衫，腰间束着白色丝带，白袜子，黑布鞋，两只裤管扎着海蓝色带子，白净沉默，辫子梳得很整齐地飘在脑后，他的一切打扮都是那样合宜得体匀称。他很少出门，念过书，也不过识些字，在郑圩孜算是很有学问的样子，我和他的儿子郑明瑞很要好，有时到他家去玩，他总"之乎者也"地和我们交谈。村子里的大人都说他假斯文，不过他的谈话有些知识，我很爱听。他不参与调解村里发生的矛盾。

还记得一位老人郑明凤。当时他已是很老的老人了，却和我同辈，我叫他明凤哥。他有四个儿子，住在一个宅子里，所以院子很大，我有时去他的院子里和他的孙子羊山一起玩。明凤哥的皮肤很嫩，年纪虽然很大了，但面孔还是红润细嫩的，只是他的眼睛很小。他不但自己留辫子，大儿子德功和二儿子德仲也都留辫子。德功和德仲都和我父亲年纪差不多，那时实行保甲制,德功是甲长,和农民一样种地,没有权力可以行使。德仲和几位朋友合开了一家粮行,所谓粮行一无招牌,二无店面,只是逢集时在地上设一个地摊,卖粮的从四面八方把粮扛到地摊边上来,等候出售。我也去卖过粮食,到集上要步行十余里,我只能用口袋扛五升,即是半斗十五斤,多了就扛不动了。到了粮行,只见一只只口袋张开,有小麦、小米、芝麻、黄豆、绿豆、黑豆等地方产的杂粮,没有大米等南方产的粮食。

德仲是掌斗的人。他用来测定粮食重量的是斗,那用木头做的方斗,上小下大,呈井字形,斗口上有一木头横档,用手即可把木斗拎起来,分一斗和五升两种。待买者选中之后,德仲一只手把口袋拎起,另一只手抓着口袋下面的一角,把粮食倒进木斗,然后用木尺把斗里的粮食抹平,再倒进买者的口袋里。他腰扎黑色腰带,辫子围着脖子绕一圈,辫梢衔在嘴里。虽如此,还能不停地吆喝着。我也卖过鸡蛋,没有人来买,总是心急火燎。卖粮也是这样,鸡蛋卖不掉,还可拎回家,粮食分量重,卖不掉不能扛回家,所以我们村人总是到德仲的粮行去卖,不论贵贱,他都会帮助把粮食卖掉。

碰到我们村里的人去卖粮,他总是想办法优先卖出。德仲妻子潘氏,没有生孩子。1948年淮海战役期间,国民党的败兵像潮水一样向南方涌去,有军官也有兵的妻妾和孩子。一位军官的小妾生病,到了我们村里就不能走了,德仲把她收留了，成了他的二房妻子。一个南方时髦的少妇和一个留小辫子的粮行人生活在一起，村子里的人也都感到不自然，不相配，但德仲不管这一切。那位少妇似乎并不识字，和德仲在一起生活了几年，没生小孩子，最后还是回南方了。

我渐渐长大了，问过一些还在世留有小辫子的老人：留小辫子和清朝皇帝的关系。他们回答说：天高皇帝远，我们留小辫关皇帝什么鸟事？想留就留，想剃就剃。也有的人把小辫剪掉，因为感到不习惯，头上少了点什么，所以又把小辫子留了起来。看来对小辫子的留或去，有学问的人和农民有不同的理解、不同的解释。这都是几十年前的事，今天再也看不到谁留清朝的辫子了。清朝乃至清朝灭亡后的辫子文化，给我们留下了什么呢？并没有像鲁迅在书中写得那么严重，更没有什么政治倾向，也没有听到辛亥革命时剪辫子的事情。这可能就像农民说的"天高皇帝远"吧。

在我少年时代，在农村像我母亲这一代的妇女，裹小脚是普遍的现象。我曾经让母亲把裹脚布去掉，看到她的脚被裹得完全变形，脚趾骨都是断了的，我问母亲谁这样狠心把你的脚裹成这样？是外姥吗？母亲说：不是你外姥，他下不了狠心给娘裹，是你二舅给我裹的。其实问问裹小脚的长者，每个人都有裹小脚的血泪史。那时我就感到奇怪，母亲脚被裹成这个样子，还能照样下地干农活，还能挑水推磨，这一切对母亲来说都是很痛苦的。晚上她让我给她端泡脚水，脚趾头都是红肿的。

我母亲虽裹了小脚，还能下地干农活，有的妇女小脚被裹得完全不能干活，连走路都很困难，在农民看来成了废人。有一位我称之为大娘的就是这样的人，这位大娘就是阴风大爷的嫂子。

阴风大爷兄弟二人，他是老二。他的哥哥早已去世，他的侄子也去世了。我没见过他们父子，家中只剩下大娘。因为脚太小，不但不能下地干活，连走路都是东摇西晃。村子里的人都称她为"风摆柳"。这个外号很形象，也只有像我母亲和她是同辈妯娌之间这样叫她。我们晚辈都不这样叫她。由于家中没有男性，阴风大爷就把二儿子饼哥过继给她。饼哥后来有了明财的大号，我就叫他明财哥了。明财哥过继给大娘不久，大娘就因病去世了。我们那里对过继的儿子要求是很苛刻的，生养死葬，老太太娘家的人都会提出许多要求。大娘姓夏，娘家在夏庙子，是有钱有势的人家，向明财哥提出许多条件，诸如多少社火，就是纸人、纸马、纸牛、大帆、香案、灵棚、棺木。俗话说"女人活到九十九，刀把还在娘家手"，老人去世如何办丧事，要由娘家的人说了算，就是这个道理。郑明财请了郑兴道、郑善彩两人主持。一人张罗本村的事，一人奔走于夏庙村与大郑村进行调解，但久久不能出殡安葬。时值夏天，农活很忙，干活的人不能老守在灵棚里，再说大娘的尸体已经腐烂，尸水从棺木中流出，散发出臭气，使村子里的人都不安宁。大娘的家境还比较富裕，所以才有如此的折腾。如果家贫，无论是过继的儿子或是领养的儿子，事情还比较好办，"老白毛"去世，因家境很穷，没有让他领养的儿子发枝为难，在村人的帮衬下，丧事办得很顺利。大娘的丧事就不同了，办得很有排场，这是我少时看到的最大的也是最豪华的丧事，当时没有想到一位裹着小脚的孤老太死后还有这样的荣耀。

在农村，女性也不全是裹着小脚，也有不裹脚的大脚板。我家的邻居大奶就是大脚板。大奶的年龄比我祖母年龄还大，是满仓哥的奶奶，满仓名叫郑明法，我们就称他为明法哥。大奶的身材本来就矮小，年老弯了腰，有点像袖珍人物。但双目炯炯有神，说话声音很高，嗓子很亮，要是生活在现在，肯定会成为歌星，特别是她的一双大脚板，走路健步如飞。她与左邻右舍很少往来。屋后的那块棉花田是她的天地，她在棉花地里套种各种瓜类和花生。她套种的瓜有黄金、老鼠皮、菜瓜，夏天棉花枝繁叶茂，各种瓜也成熟了，我们去棉地里偷她的瓜，偷她的花生。我们一群调皮捣蛋的孩子用调虎离山的办法，使她离开棉田，或者让她在棉地从这头儿到那头儿两头儿奔波，只要被她捉住，肯定要皮青肉肿。她身材矮小，年纪又大了，没有力气打我们，就用指甲划我们的皮肤，或者咬我们的耳朵。如果她手边有刀子，真会用刀子在我们的屁股上划上两刀。她如此这般地把我们折腾一阵才会哈哈大笑地放手。不过,她从不向我们的家长告状。她是在逗着我们玩,我们也是逗她玩,如果真的要偷她的瓜,她那几颗瓜经不起摘,一次就把它们摘完了。

大奶的娘家姓刘,住在邻村丁集孜,可能是娘家没有后代,就让儿子带着三个孩子去继承她承受的家业,改姓刘。大奶是很有主见的人,只把一个孙子即明法哥留在身边。大奶最小的孙子是我的学长,本名刘明德,可能为了纪念根本之地,改名刘郑。刘郑的妻子有一只手长了六个手指,生肖属龙,我们都称她为"六爪龙",或者喊她六指嫂。1950年,我已经游学在外,没有与刘郑哥联系,听说他后来在大店当了国家干部。1960年遇灾,他看乡邻饥饿困苦,自己又无力相救,竟不辞而别,一个人跑去了新疆。几年后,六指嫂在新疆把他找回来,人已经发呆了。他是一位悲剧人物,他以后的事,连传说都没有再听到。

土地庙、扫天婆、砂礓地

一条南北车马大道从大郑村穿村而过,把大郑村一分为二,有一条乡村土路在屋后与车马大道相交,土地庙就坐落在两路相交的十字路口。土地庙前有影壁,影壁和土地庙都用青砖砌成。庙门不大,呈拱形,庙内有四尊泥塑,正中两尊塑像是土地爷爷和他的夫人土地娘娘,这与其他地方的土地庙有些不同,那里的土地爷爷都是单身汉子,两边立着小鬼小判,小鬼面目狰狞,是土地爷爷的跑腿。小判是判官,一手握笔,一手捧着簿记,似乎是在判断是非。土地爷爷是掌管土地之神,正像上天言好事,下界保平安的灶王爷一样,在人们的心理上有一种威慑力量。我们那里流行着一句俗话:远怕水,近怕鬼。近怕鬼即是有鬼下嶂子。如流传某处有鬼下嶂子的事,走在那里就心中发怵。我开始读书的时候,母亲就到土地庙向土地爷许了愿:等我儿子会写字时,每年给你写一副对子。待我能写字时,母亲真的买了红纸,裁成长条,我就写了一副对联贴在土地庙门的两侧。尽管字不成字,是儿子写的,母亲还是很高兴。几年都是如此。我的年龄大了一些,也就不大听母亲的话了,也就不再为土地庙写对联,但是到土地庙去烧香还是免不了的。

大郑村祭土地爷的还是大有人在,祭祀的时间是每年的腊月除夕到次年的正月十五。每到春节,土地庙门的两侧贴满对联,有的贴在影壁墙上,内容也多是五谷丰登、四季平安的吉利话,还有的摆上供品,无非是自家蒸的馒头、包子或其他点心,香火是不断的。那时我跟着父亲给土地爷送香,每天早晚送香两次,从春节之夜直到元宵之夜,雪雨不断,很是虔诚。并不是向土地爷乞求什么,也不完全相信土地爷有什么法力,只求自己的心灵上得到一些安慰。

有的妇女也像我的母亲一样到土地庙许愿，并表示杀猪宰羊相谢。许愿后就以诚相待，春节时要还愿，喂上一头猪和一只羊，一般都是在春节时杀猪宰羊，把许下的愿还了。这更多的还是自己过春节的需要，不但自家吃，还要送一些给亲戚朋友。没有喂猪羊的，就扎上纸猪纸羊，用公鸡冠上的血"开光"，到土地庙前烧，以此来表示没有忘记许愿的事，最后还是要杀了猪、宰了羊才算真的把愿还了。还有一个风俗，头七日，即人死了之后的第七天，家中的人要去土地庙送汤。所谓送汤就是烧一些面汤放在瓦罐里，以绳子系住，由两个人一前一后抬着，围着土地庙左转三圈，右转三圈，不停地喊着逝者名字，要逝者喝汤，然后把汤倒在庙前，最后一次送汤，仍然要如此这般地做一遍，把汤倒在庙前，也要把盛汤的瓦罐摔碎。

土地爷和灶王爷一样，都是地位最低的神。土地爷是地方神，保一方平安。灶王爷是家神，保一家平安。据郭沫若考证，《诗经》中的田祖就是社稷，其遗意就是土地堂或泰山的石敢当之类，传说中的土地爷爷就是汉末的蒋子文，做秣陵尉时逐贼被贼所害，如平生一样，骑白马，执白羽，做起土地爷爷了。还有一说，土地爷爷就是唐朝的韩愈。可见土地爷爷没有定型，只是人们想象的保一方平安的神。

土地爷也会显灵。我们村子有一个人（名字忘记了）把泥塑的土地爷从土地庙里搬出，扔在路旁的泥沟里。后来那个人得了病，老说自己是头朝下，家里的人把他扶起，坐在床上，他仍然说自己头朝下，后来有人说他把土地爷的像扔在泥沟里，是土地爷显的灵。他的家人把土地爷的像从泥沟里搬到土地庙里，烧香赔了不是，这样他不再说自己头朝下，病也居然好了。还有小祥（小名，不知他的大名了），到土地庙前挖土垒灶，他也变得疯疯癫癫，把灶台垒了又拆掉，拆掉又垒上，这样反复多天，家中连做饭都无法做。有人说这也是土地爷显灵。小祥没有办法，只好把从土地庙前挖出的土又送回去。对这样的事，村里的人有不同的看法，有的认为是土地爷显灵，有的认为是装神弄鬼。我只是感到奇怪，也不能完全说是装神弄鬼，是一种不可解释的现象。

我们家乡地处江淮之间，气候是下雨就涝，不下雨就旱，截然分明。夏天多雨，久雨成灾，所以我们那里在久雨时用扫天婆扫天，大旱时又要向龙王爷求雨，扫天与求雨两种民俗同时存在。气象学对我们那里的气温和积温、日照及降水量的分布都做过测量与研究，也是我所写的实际情况，称之为夏季雨量高度集中，容易出现暴雨，造成水土流失或涝灾、洪涝灾害。

我们家乡的雨多出现在麦收前。麦收以后还算好，粮食都收到家。麦前或麦收时下雨，小麦都泡在水里，即使收割了的小麦也都垛在场上，麦粒发霉发烂，农民只好吃霉变了的麦面，直到现在，发霉了的小麦，粮站不再收购，没办法，农民只好留下来自己吃。有时久雨不晴，秋季庄稼无法播种，早秋作物高粱、棉花、玉米、黄豆的苗棵也都泡在水里，农民犯愁发急。我的祖母用麦秆扎成草人，再给它穿戴上漂亮的衣帽，穿上细线，拴在高粱秆上，然后插在屋檐下，它就在风中雨中左右转动，称之为"扫天婆"，希望它能扫散天上的乌云，不再下雨。不只是我奶奶好做扫天婆，许多老人都这样做，所以在许多人家的屋檐下都可以看到这样的扫天婆。后来从书本上知道，祖母的"扫天婆"还是真有些来历的，中国古代称扫天婆为孟婆，孟婆即是风，而祖母的扫天婆则更为形象生动，她手持扫帚把天上的乌云扫去，也就是盼望一阵风把天空的云雨吹散，雨过天晴。

台湾诗人痖弦（原名王庆麟），河南南阳人，青年学生，1949年随军队去台湾。他在《痖弦回忆录》中也记了少年时代看到"扫天婆"的事情："我妈妈以前在连续阴天的时候，会用稻草扎个'扫天婆'，就是一个一拃长的小人儿，有鼻子有眼睛的，背上穿根绳子挂在屋檐下，风一吹，好像要扫尽天上的乌云。我讲给庄伯和听，他就去考证。他说汉朝时就有了，日本也有。"可见用"扫天婆"扫天的事情，不只是我的家乡有，这种风俗不但历史悠久，而且比较普遍。

我家的场边有父亲用泥土和麦秆垒的一间车屋，除了放一辆四轮的大车，放一些农具，也是我们一群孩子相聚的地方。我们的领头人是小珍，比我大几岁，带着我们玩。长期下雨，我们也犯愁，没有地方去，就在车屋里玩。老西大爷是留辫子的人，他的头发稀疏，辫子也不讲究，如同一缕乱麻，他欢喜在车屋里打瞌睡。这时小珍要小便，外面的雨下得很大，无法出去，他就拉开裤子在老西大爷的枕边小便起来。老西大爷似睡又醒，听到了小便声，就懵懵懂懂地说：老天爷，别下了。小珍说：不下就不下。老西大爷睁开眼一看，并不生气，只是说：小珍啊，你比你哥还调皮。他说罢又打起瞌睡了。小珍就是郑德财，现在已经九十四岁了，我们谈到这件往事，他无力地笑着。

长期下雨，发了大水，村子四周都是水，连进村的路都淹没了，门前的小石桥桥头就是我们玩乐的地方。我们家乡没有像样的大河，只有几条小沟渠，平时是干涸的，只有夏天才有水。因为沟河不多，家乡的石桥也只有三座，一座在村子西头，西稻湖的水通过那座石桥流过我家门前的石桥下，再通过蒋家石桥，顺着沟才能流到八丈沟。村子的西北有一个西稻湖，即是一片低洼的地，方圆十多里，不见人家。

在西稻湖的边缘有立着石人、石马、石狮、石碑的墓地，乡众都称之为石猴子陵，那是王圩孜王清江祖上的墓地，王家代代虽有念书的人，但没有取得功名，不过三代就衰落了。风水先生认为那里地气薄，经不起这样多的石器压在上面。所以，我们那里周围的村庄即使富有的人家，也不在先人的墓地上立碑，祖坟也不过是一抔黄土，栽上几棵松柏。石猴子陵周围有许多类似炉渣的灰烬浮出地面,人们以为可以治病,常到那里去捡来当药用。原来以为地下有煤,1958年勘探,没有发现煤矿,却在距离三十里的祝新庄、芦岭发现了大煤矿。

西稻湖地势低洼,积水流不出去就会危及周边村子的安全,只有通过村西的石桥,才能把水疏导出去,我家门前的石桥就成为关键所在。每当发水的时候,鱼很多,有的鱼顺着水流,不是从桥下穿过,而是要跳过石桥。这样,我们就能在桥头捡到许多鱼。我家邻居大歪哥是捕鱼的好手,我就跟着他在桥头张网捕鱼,捕的鱼多了,他也分一些给我家。不下雨了,地里仍然积有很深的水,不能出去割草,我们就在桥头做游戏。我们那里是黑黏土,黏性很大,我们就把泥揉成一团,整成方形,然后把中间挖成凹坑,凹坑的底其薄如纸,做成之后,我们就把凹坑的口朝下,高举起来向石板摔去,气流冲击薄底,能发出很大的声音,比赛的胜负,就看谁做的声音响,我们称之为摔响炮。

八丈沟是一条南北向的大沟,它虽然很大,水通过蒋家桥流到这里,没有出路,变成水塘,我们那里就成了泽国,唯一的出路就是把东边的沟堤扒开泄水,这又会给下游的几个村子带去灾难。所以每当发大水时,就会因为扒堤和堵堤发生冲突。我们村子把河堤扒开,下游就会集中很多的人涌到我们村子,把门板、床板甚至被褥抢去把挖开的河堤堵上。

代代如此，因为水的问题有解不开的冤仇。

又是夏天，又发大水，又是去扒沟堤。父亲不在，我就跟着去了。那天夜里，明法哥说："你是小孩子，去了能做什么？！"我坚持要去，明法哥说："你不要离开我。"他就带我去了。去的不只是大郑村的人，还有蒋家村、冯家村的人，冯家村就在八丈沟边上，是直接受害者，激情最高，那晚有月亮，仍然看不清，黑压压的人群，有的拿着锹，有的扛着镐，向沟堤上拥去。我扛着小锹跟着明法哥，蹚着齐膝深的水。刚上了沟堤，就响起枪声。对岸早有准备。一阵枪声，忽听有人喊："伤人了！伤人了！"沟岸这边的人就往后撤。明法哥拉着我撤到一个水塘里，躲在一棵大树的后面，蹲在水里，只露出头。又响了几枪，我们的人都撤下来了，堤两边都平静了。

第二天听说冯家村的冯老黑被打死了。冯家村的人又来我们村组织村民，说要到沟的对岸去以命偿命。我们村子里几位头面人物说，不知是谁放的枪，找谁来偿命？还是由政府出面解决为好。这时正是抗日战争后期，抗日民主政府就驻在八丈沟对岸的丁集孜村。县长赵一鸣亲自出面解决这个难题，采取了调解的办法。他也认为扒堤和守堤都是村民自发的，没有人带头组织，找不到组织者，也不知谁带了枪，更不知是谁放了枪，上游死了人，下游淹了庄稼和村子，上游和下游人都出一些钱，厚葬冯老黑，也给死者家属一些钱。

冯家村提出要给冯老黑立碑,赵一鸣不同意,他认为立碑就永久把仇恨记在那里,反而会把矛盾扩大,没让立碑,厚葬了冯老黑。

砂礓,恐怕只有我们那个地方才有,是特产,它深埋在地下,其状如姜,呈黄色。砂礓是它的学名。砂礓比石头还硬,一般的铁锤砸不碎,挖沟开河挖到砂礓层,要用炸药才能炸开。用砂礓筑路,不是本地人无法走,硌得脚无法忍受。新开的河岸边砂礓堆积如山,农民很少有人用它当建筑材料,可见农民并不欢喜它。因为这种砂礓有缝隙,土质不能存水,土地里的水分很少,种的都是旱地作物,如小麦、高粱、山芋、玉米、黄豆等,不种水稻,一年只能种两季。我们小时在沟里戽(音hù,汲水工具,曰"戽斗")水捉鱼,也是先筑堰,把水沟拦成一段一段的,这一段把水戽干,捉了鱼,不等天明再戽另一段,到了第二天,戽出去的水又会回流到原来已戽干的沟里。农民把这种土质称作漏风土,水到了这里像风一样流走了。

1958年"大跃进"时期,也有异想天开的人,不是农民,是上级的指示,要种水稻,而且要改为一年种三季。我父亲是反对的,结果都失败了。我父亲是听天由命的农民,即使对种地瞎指挥有意见,他也不会说。他知道说了也没用。多年后他来上海暂住,谈到农村的往事,他才说:"我也种过稻子,都是旱稻,产量低,只是种几亩留着自家吃;漏风土存不住水,种水稻不是胡摆弄吗?"他又说:"咱们那里清明才断霜,到了十月又下霜了,一年无法种三季,随便你想什么办法都无法种三季。我种地,也想种三季,不行。"

这是我父亲的经验之说。安徽农科院对我们那里做过调查,看来我父亲的经验还是很合乎科学的。科学结论是:我们所在的大平原处于黄河黄泛区的南缘,为黄河水南泛所形成的冲积平原,土壤含可溶性盐较多,常有盐碱化现象,主要是砂礓黑土,这种土壤表层是黑土上层,下一层是砂礓层,有机质含量低,缺少磷与氮两种元素,是著名的低产土壤之一,平原位于两河之间,并且广泛发育着砂礓黑水,故称河间平原或砂礓黑土平原,只适宜种旱地作物。

石槽、石碌、石磨、石臼

大平原虽然土地贫瘠,每亩的产量不高,但面积大,需要养牲口才能耕种,在少年时代的印象里,耕田没有人拉犁。种地的农家都养牲口,有大有小,有肥有瘦,地多的人家养一头牛、一头驴或者一匹马、一头骡子,很少有人家养两头牛的,因为要驴骡马推磨,有的人家养不起两头牲口,就养一头牛或一头驴,耕田时两家合犋,轮流使用。"大跃进"之后的多年,磨面时多是人抱磨棍推磨。对人抱磨棍推磨还流行着民谣:"不用马拉不用套,不用干土垫磨道。"我小时可以说没有看到过用人拉犁耕地和用人推磨的现象。一般用驴马或牛推磨。没有驴马的人家,需要磨面时,可向邻家借用,一般不用付酬,借用者心中过意不去,就把磨下的粮食下脚料(称之为麸子)送给被借用人家。相对来说,驴马要比牛辛苦得多,虽然牛驴吃的同样,但主人对此心中有数,要给驴马加餐,要喂它们一些精饲料。

养了牛、马、驴,就要有喂牲畜的食具,农民称这种食具为槽,一般都是石槽,我们家乡的石槽不是用一块石头凿成,而是五块石板搭成,两块槽帮,一块槽底,两端两块堵头。冬天寒冷,喂牲口都在屋里,这样有牲口的人家还要具备一架木槽,我家就有一架石槽、一架木槽。庄户人家都有单独小院,院子有大有小,大的四合院,有堂屋、东西厢房和前屋,堂屋是主房,住人、放粮食或贵重东西,前屋是进出过道及做饭的地方,东西厢房即喂牲口的地方。宅基窄的人家,只有一排厢房,房子不多的人家就人畜合住。

我家养了一头牛、一头大青驴,其体形高大肥壮,在村子里都是闻名的。后来把驴卖了换一匹马。马比较娇气,马不吃夜草不肥,每天半夜要在槽中给它添草,再后来有人要把一头骡子卖给我家,父亲嫌骡子性野,没有要。铁驴铜骡纸糊的马,这是流行在我们家乡的话,意思是毛驴最好养,也具有耐力,经得起使用。马最娇气,除了喂得要好,夏天还要在汪里给它洗澡,农闲不用它干活时,还要经常遛遛,不能让它睡倒,拴住时要把缰绳吊起来,让它站着睡觉。21世纪,在北京潘家园古玩市场,我看到喂牲口的木槽、石槽,作为文化遗物在出售。比我们家乡的木槽要讲究,槽帮上都是雕了花的,有的还刻有原来主人的姓名。

灵璧县多山,石槽用的石头多是从山上买来,有时几家合伙去东南山拉石头,来回要几天的时间,那石头当然不是供人观赏的灵璧美石,供人观赏的灵璧石不是在山上,而是深埋地下,不是轻易就能挖到的。那山石都是青中带红的片石,只能用来做建筑材料,只有家境富有者才能用它砌墙。我们村子都是泥土墙茅草屋。也只有少数人家用竖起来的石片保护墙根。一般富有人家用青砖或石块垒墙基,垒到两尺高,就用泥土,在屋檐下再垒上两层砖,这种墙叫腰里玉,上面屋脊再用几片瓦,这种屋叫海清。瓦屋用青砖砌墙,上屋盖会用瓦苫成。我们村里既无海清房又无瓦房,少年时代只在丁集孜、王围孜两个村子里见到过,不过现在都没有了。当地农村盖屋都是就地取材,我们那里都是泥垒墙,茅草盖顶。老伴武仲英的老家附近有山,墙都是用石头垒的。不但有瓦房,还有炮楼,方形直筒,完全是用石块砌成,炮楼有枪眼,是用来防土匪的。她家祖上有三个炮楼院,她们家和她的伯母住在一个炮楼院,和伯母分家后,让她抓阄儿,即把房基写在两张纸上,抟成一团,让她去抓,结果抓到有炮

炮楼院

楼的那个纸团。如今虽然炮楼被拆除半截,剩下的高及丈余,村子里还称她家的那座院子为炮楼院。

在我少年时代,农村没有脱粒机械,庄稼收割摊在场上,用石磙脱粒,石磙是一个圆形的石柱,一般都是直径一尺半,长二尺,两端有洞,用木架固定起来,和石磙配套的还有捞石,是一个椭圆三角形石片,用一木质的机关把它和石磙连接起来,用牲口拖着它在摊于场地的庄稼上转圈。脱粒关键是捞石。灵璧的石头不能用来做石磙和捞石,而是要用距离村子近百里路的栏杆山上的青石。这种石头质地坚硬,特别是捞石有牙,开始时看不出,要用几次才会显露出来。所谓石牙就是一粒一粒的尖锐石粒,肉眼可以看到,摸上去扎手,就是用那锋利的石牙脱粒,小麦、大豆、高粱都用石磙捞石脱粒。不但能把粮食脱粒干净,还能把麦秸豆秸轧得柔软,用来做牲口的饲料。冬天喂牲口主要靠麦秸、豆叶、豆秸、高粱叶子及山芋藤。

我们那里把收割小麦的季节叫做"午季",不像秋季那样长时间,一般都在十天半个月之间,带有突击性,我们那里的农谚"蚕老一时,麦老一晌",小麦成熟的节奏"三天生,三天熟,再收三天就朽头",说小麦成熟期很短,收割得慢,小麦的穗子就会变朽脱落,减少收成。割下的小麦要及时运到场上,一时还来不及用石磙捞石脱粒,先垛在场上,垛时要两个人,一人在垛下,用杈子把成捆的麦子送上去,另一个人在垛上把麦捆理顺，有序地摆平。这时我就成了父亲的帮手。我力气小，无法把麦捆送到垛上，就在上面做理顺摆平的活计。垛垛都在吃了晚饭才能进行，常常要垛到半夜。在垛上虽然不要花大的气力，但要摆得匀称，否则垛就会倒了，麻烦也就大了。所以父亲指挥：往里放，往外放。后来我就有经验了，没有倒过垛。

场就是每家门前都有的一块空地，是收割后堆放庄稼的地方，麦收之前都要进行一番整理。冬天不用时，堆放杂物，这时要把杂物搬走，除去野草，填平坑洼，浇上水，撒上麦糠，用不拖捞石的石磙轧平，像今天的水泥地那样平整。麦收时场上的一个个麦垛错落参差，如同印象派画家画笔下的干草堆，在阳光下泛出黄色的光彩，淡淡的，感到那光彩非常柔和。待麦子收完了就是打场，打场即脱粒。农村叫做午收午种，是一年中最忙的季节。高粱、玉米要进行田间管理，要种黄豆、绿豆、芝麻等秋季作物。上午，父亲要赶着牛驴到田间耕种，母亲、姐姐和我把麦垛扒开，把没有脱粒的小麦摊开在场上晒。父亲从田间回来，吃过午饭即开始用牛拉着石磙打场，一圈一圈地转，不能有遗漏的地方，这时石磙上的洞眼和木轴摩擦，发出咯吱咯吱的声音，有的农民还哼着号子，家家门前有石磙声，如同一曲交响乐，那种热气腾腾的场面，我无法用笔墨形容。经过几次反复，然后起场。起场即把麦秸和麦粒分开，再后来把带着糠的麦粒聚拢成一

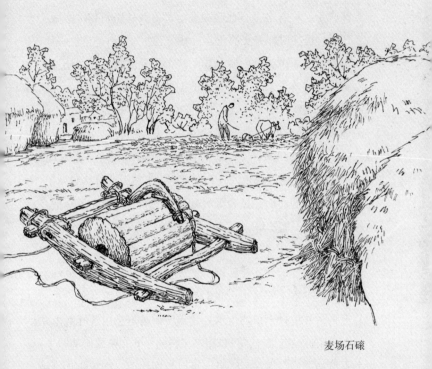

麦场石磙

堆，开始扬场，把麦粒和糠分开。扬场是技术活，要看风向，即用木锨把带糠的麦粒抛向空中，成弧形抛物线散开，风把麦糠吹走，麦粒会垂直地落在地上。一般是奶奶和姐姐做父亲帮手。扬场时如天女散花，一锨扬上去，半空是金色一片，在夕阳的映射下，朦朦胧胧如一片带着晚霞的云，麦粒总是沿着一条线落下来，不会扬场的麦粒会被麦糠裹挟而去。前面说的"阴风扬场不用锨"，可能有些夸大，但说明阴风大爷的确是扬场的高手。扬场要趁风，没有风的时候，父亲就睡在场上，一有风来，立刻起来扬场，不管是半夜还是黎明。脱了粒的小麦扬好必须入仓，否则第二天就无法打场脱粒了，要抢在时间的前面，抓着天气变化的机遇。风太大了会把麦粒刮走，也不能扬场。

我只学会牵着牧畜打场，始终没有学会扬场。我也不闲着，母亲操持饭食，我即用一把大土砂壶和几只没有上釉的土碗，把茶水送到场边。我们那里一般人家喝白开水，有的甚至喝从井里打上来的生水。我家所谓茶不是用茶叶泡出来的。我家也没有茶叶，只是用经了霜的桑叶和簸箕柳的叶子，上锅炒焦之后，放在瓦罐里，可以长期饮用。簸箕柳是一种荆条，多栽在沟边路旁，每年秋冬把它割去，第二年又有新的荆条生长出来。农民把荆条割下之后，剥去皮，呈白色，用来编筐打篓，采集簸箕柳叶子当茶叶用，比较讲究的农民习惯在端午节那天，趁太阳还未出来采集，趁着鲜上锅炒。

这样叶片始终都是绿色的。

烧焦了的烙馍,或炒焦了的胡大麦也用来当茶叶,很解渴。不只我父亲、祖母喝,打场的邻居有的也过来喝一碗。烟、酒、茶不分家,已经是祖辈的习惯了。最令我兴奋的是场边那棵麦黄杏,收麦的季节也正是麦黄杏成熟的时候,每年都是满树挂果,采摘时不用爬到树上去,在树下用长鞭胡乱打去,果实就会落一地。打杏是我常干的事情,除了自家吃,就分给邻居吃。隔壁明德哥家有一棵蛤蟆杏,成熟期略晚于麦黄杏,杏子熟了,他也是采下,除自家食用,也是分给邻里。我们都不是果农,种一棵杏树、桃树、石榴、柿子,果实除了自食,就是送给邻居或亲朋。也有果农以此为生活,收获后的水果要到集上或走村串户地出售。

老伴武仲英看了我写的文字,总是欢喜用她家的事和我家的事进行比较。她读到我写的杏树后说她家不但有杏树,还有石榴园。她说:每到石榴成熟,剥去皮,那石榴的粒子犹如一颗颗大玛瑙,果仁一粒粒,有红的,有白的,有红白二色的,味道有甜有酸。"我最会剥石榴,在石榴园摘下石榴,都是我把皮剥去。石榴园周围还有杏树,就像你们家的麦黄杏,一竿子可以打下许多,还有柿子树、枣树……"现在,她们家的石榴园没有了,但剥石榴还是武仲英的专利。孩子们吃石榴时都是由她剥,但她吃得很少。

磨面用的磨并不是每家都有,也不需要。没有的人家可以借磨磨面。我们家乡把磨面称之为推磨,磨粉称之为推粉,磨油称之为推油。推磨、推粉、推油都是用驴或马拉磨,要给它们蒙上眼睛,可能是怕它们在磨道里一圈一圈地转会发晕。给毛驴蒙眼的那块黑布叫驴蒙眼,普通话说那些对事物视而不见的人为有眼无珠,我们家乡则说他戴上驴蒙眼了。我们家乡很少用牛推磨。小麦、黄豆、高粱、绿豆、山芋干都可以磨成粉,当然,黄豆、绿豆不磨也可以吃,而且有多种吃法。

磨出的粉要用箩子筛过方才成为面粉。一般要磨两遍,一遍叫做一破,第一破是把箩里的面子放在磨上再磨,磨出粉子称之为第二破,面粉就比较粗了。自家吃就把头破面和二破面混在一起,如给老人祝寿、婴儿满月吃喜面,那是一定要用头破面的。箩面的箩网是生丝或细铜丝做的,把生丝或铜丝编织成的网张在圆形的木圈之上,木圈为箩框,生丝网为箩底,箩底如同筛子,有许多方形的小洞眼,比筛子的洞眼要小得多。没有驴的人家可借驴推磨,也是习以为常的。农闲的时候,我们家的大青驴常要被邻居借用,对那些忘恩负义、背信弃义的人,我们家乡会说这种人是卸磨杀驴,瞧不起他们,意思是推完磨,把驴杀了。

我家推磨都是我母亲的活。每次推磨只见她先把粮食在水里淘一淘,洗去灰尘,晒干以后才推磨。箩面的时候面粉在箩子里飘来飘去,显得很有节奏。她会随着一来一去的晃荡，情不自禁地哼着无词的小曲，没有调门，只是随意地哼着，音调时高时低时急时缓，很抒情，似乎沉浸在磨声、马蹄声、箩框声中，完全进入忘我的境界。她哼小曲时，我的感觉犹如池畔的杨柳在飘动，总感到她哼的小曲里有一种忧郁深沉的情绪，这可能和她忧思多虑的性格有关。对母亲哼的小曲，想听，喜欢听，但又有些怕听，她也只在推磨的时候才哼着，平时很难听到。母亲的小曲停了，磨推好了，我和姐姐忙去帮助收拾，只见母亲头上的羊肚毛巾更白了，脸上、衣服上也都是白色面粉，简直成了面人儿。

我家不只有面磨，还有油磨和粉磨。农闲的时候，父亲就推油、磨粉做粉条。小麦种好之后，秋庄稼也收割完毕，父亲就架起油磨张罗推油的事情。推油之前，也先要把芝麻放在水中淘洗干净，晒干后放在铁锅里炒。炒芝麻的时候，奶奶在灶前烧火，父亲在锅上炒，母亲也会炒。炒芝麻的学问在于掌握火候，炒老了、炒嫩了都会影响出油量。要把芝麻炒得黄里透红，这就要锅上炒的人和灶下烧火的人相互配合，不然一分心，炒的芝麻就会不到火候，或者炒老了。奶奶知道什么时候该用大火，什么时候该用小火，父亲用丁字形的木头铲子不停地在锅里炒来炒去。面磨是架在磨盘上，油磨和粉磨都是架在三条腿的木架上，下面放一口大铁锅，也是要用毛驴拉磨。磨出的芝麻浆流到铁锅里，磨好之后开始晃油程序，要向大锅里的芝麻浆兑开水，水的温度、兑多少又是一个关键,没有办法用秤称,只能凭经验。兑好开水要用棍子搅拌,只能朝一个方向,顺时针逆时针都可以,但方向不能改变,搅拌之后,还要用葫芦按着一定顺序挤压,可能是为了把油挤出来,从油花泛起,还要"碰",即把盛油的大锅放在高粱秸扎的把子上,把子旁放一块石头,一来一去晃动油锅,使之和石头相撞,发出咣咣的声音,也很有节奏。经过这样复杂的程序,油才能出来。油放在玻璃瓶中,黄中泛红发亮,就是合格的小磨麻油。把磨出来的油放进铁皮油桶里,我们称之为洋桶。油渣有一部分用做牲口的饲料,还有一部分用做给烟叶施肥,推出来的小磨麻油不用到外面去卖,村里人用芝麻来我家换油,大店集做点心的屈宗元用油也都是我家供应。屈宗元的儿子屈继贤后来是我初中、高中和大学的同学,我们成了最好的朋友。他在复旦大学读化学系,退休后就和女儿住在一起。现在不知他在何处。

后来粉丝的生意好了,我家推油就少了,改成推粉,生产粉条。推粉主要以高粱为原料,称做高粱粉,用山芋也可推粉。生产的粉条到娄庄集上去卖,那里是粉丝市场。再后来,山东有一批推粉专业户到了我们村子,几户人家都开了粉坊。山东姓张的兄弟四人就住我家另一进院子里,我家给他们提供牲口及推粉工具,磨粉的缸、锅、盆都是我们原来用的那一套,他们不用再置新的,也用我们家的马拉磨,条件是他们生产粉丝时的一部分粉渣要给我们喂牲口。他们自己盖起了猪圈，养了一群猪，猪粪没法卖，给我家做田里的肥料。推粉比推油复杂，花费劳力也多，父亲的兴趣还是种田，这样也省事，从此不再推粉，把推粉的事交给张家兄弟了。张家的小四和我一起到双庙读小学。张家的老二在我们邻近的村子成家，当了上门的女婿。

我家门前还放着石臼，也称之为碓窝子，由三件东西组成：碓窝子、碓头和碓牙子。碓头就是一块圆形石头，装一木柄，碓牙子是一个铁圈上有许多尖锐的"牙齿"，一般用来把稻谷舂成大米，谷子舂成小米，都用这种工具，把芝麻变成麻盐也要用它。不经常使用，但要破碎硬的食物又少不了它。把它放在大门外，谁想使用都可以，不需要和我们家打招呼。

我父亲是庄稼人，生产上日常用具都要添置购买。他常说与己方便，与人方便，大家方便，最后还是与己方便。他不大肯向别人借东西。

20世纪六七十年代，上海知识青年到我们那里插队落户，仍然看到石碌、石磨、石碾、石槽、石臼、碓头、碓窝子，不但当地的农民在用，为了生存，知识青年也逐渐适应并学着用。知识青年束因立是《新民晚报》总编辑束纫秋之子，他当知青时在我们那里插队，他写了一篇《走进石器时代》，记述了在农村对石器的见闻和使用石器的感受。他写了磨面：拴上毛驴，蒙上它的眼睛，只要在旁拿着小树条有间隔地打它的屁股，它就会拉着石磨不停地转圈，用一把小笤帚在磨台反复地将碾盘中的粮食往中心扫拢，再舀出来，放到大扁筐里过筛细箩，一个人就干过来了。碓头、碓窝子是舂米用的，谁家要煮点小米稀饭，马上就可以抓几把谷子朝碓窝子里一放，又从家里门后拽出带木把的碓头，坐在小凳子上，叉开双脚，双手抓紧碓头的木把，直送碓头入碓窝子，一下一下又一下，力量先轻后重，节奏先慢后快，直到把碓头啪啪地砸向碓窝子窝心，米粒飞溅出来，这米算舂妥了。束因立对捣蒜泥的蒜窝子情有独钟，他写到，煮个鸡蛋，剥去蛋壳，抓把蒜瓣，剥去蒜皮，一呼隆放入蒜窝子里，握着石杵捣糊蒜泥，再拌入酱油、香油、味精和盐各种调料，就着干馍，喝着稀饭，那无可言表的爽劲呀。他的文章又把我拉回了生活过的"石器时代"。束因立记述蒜窝子、蒜泥，看得我口水都要流了出来。我也从故乡带一个来到上海，有时思念故乡，想尝尝故乡的风味以解乡愁，就煮上一个鸡蛋，剥去皮，抓一把蒜瓣，剥去皮，手握石杵在蒜窝子里捣呀捣呀，不是故意要捣出声音，是觉得这样才过瘾。

《皖北记忆》是上海知青的乡土岁月，汇集了在宿县插队的知识青年的回忆文章。发起人并主编即是在我们大店插队的上海知青王仲翔、束因立。我给这本书写了序言，称之为淮北农村的风情画卷，耕地、摇篓、拾粪、养猪、喂牛、挖塘、筑路、赶集、推磨、看村戏，农村游泳队，吃驴肉、吃狗肉、喝烧酒、参加婚嫁喜事、丧事送殡、挖河工地，等等，汇成一册，连接成画卷，比宋代的《清明上河图》还要丰富。每一篇都像一个小盆景，许多事都是我童年经历过的，这群插兄插妹都把他们和我的乡情融在一起，我又深深感到和他们融在一起。

历史的发展是很有惰性的，如果没有战争或改革，变化很慢。乡村的石器可以沿用几千年没有变化，从我的少年到知青插队，中间经过三十余年，更不会有什么变化。可是到了2016年，我带着孙女沐蕙回来探亲，她说自己长到二十二岁了，还没有到过故乡，要回老家看看。到了那里，她对什么都感到新鲜，在我家老屋门前的草丛中，看到了那些石磙、石磨、石槽都静静地埋在草丛中，她扒开草丛，兴奋地拍照留念，但她不知道这些故事，石器成为历史陈迹。农民再也不喂牛、喂驴、喂猪了，农村也没有生气了，我感到非常失落。但在此时，我仍然感到那些石器的生命还存在，它们和我有着情感的交流。

看 青 人

我们大郑村三个群落，没有人当土匪，也没有遭过土匪的抢劫，但偷鸡摸狗的小偷小摸还是有的，地里成熟的庄稼

老屋印象

被人偷偷收割也是有的。对这种事情，政府是不管的，再说地处三不管的地区，更没有政府去管。地方还是需要治安的，看青人就起了作用。鸡、狗、羊被谁偷去卖了，或者被谁宰杀吃了，庄稼被谁偷偷地收割了，看青人都能帮助找到。即使找到了，看青人也用息事宁人的方法处理，主要是调解，让偷者向被偷者做些赔偿，或者做一番道歉，把事情平息也就算了，不会把矛盾扩大或激化。看青人不由政府委派，也不是村民选举产生，而是在解决问题的实际过程中产生的。但是看青人一定要具备几个条件，一是为人公正，二是会处理事情，三是在村民中有一定的威望，四是要有奉献精神。

大郑村三个群落有两个看青人。一个诨号叫傻子，一个诨号叫长腿，农村里常以人的身体特征送人诨号。"长腿"的确是因他的身材细高，尤其两条腿又细又长，看上去他的上半身像是长在两根棍子上似的。"傻子"的诨号不知由何而来，他很精明，而且能说会道，一点也不傻，可能是他的舌尖较短，乡下人称为秃舌头，也就是平时所说的大舌头，说话吐字不清，因之才有"傻子"这样的诨号吧。他们都是善字辈，和我父亲是同辈人，因之我见到他们都恭恭敬敬地喊他们"长腿大爷""傻子大爷"。其实他们都是有名字的，但平时人们只喊他们的诨号，很少有人能记得他们的名字。时隔几十年，我更是无法记得了。

长腿大爷有一个哥哥，我还记得他名叫郑善兰，双目失明，娶了一个贤淑的妻子，她说话声音很低，是一位素净清秀的老人。他们没有子女，住在村子外的一间小茅屋里。善兰大娘和我母亲很要好，经常到我们家里和母亲拉呱。母亲也经常去她家，彼此往来很多。母亲有时长时间不去，也会派姐姐给善兰大娘送去自家缝制的衣物、棉鞋和绣花鞋。长腿大爷有三个儿子，长子郑明山比我年长几岁，和我同在双庙小学上学，几乎每天他都会先到我家，邀上我后再去找程仁忠、丁贤才一起到学校去。长腿大爷小儿子郑明学，为了郑氏家谱、族谱事曾到上海几次和我商量。长腿大爷作为看青人，遇到些什么，又是如何处理的，我都记不清楚了，只记得当年在路边田头经常看见他晃来晃去的高大身影，查看谁家的庄稼有没有被别人收割。

傻子大爷是我们那个群落的看青人，和长腿大爷有些不同，长腿大爷可能因为腿太长，没有见他穿过长袍，都是穿着短棉袄或短的布衫。而傻子大爷穿着黑色长衫，腰里系着蓝色的大带子，一根白色的木棍不离手。他常常肩头扛着棍子，在田边路头晃来晃去，为农民看守庄稼。傻子大娘会吸烟，不是用烟袋吸土烟的烟叶，而是吸烟卷。他们的家是人员聚集场所，特别是冬天农闲时，有许多人聚在那里拉呱，傻子大娘用烟茶招待，开朗豪放，有点像男人的性格。傻子大爷虽然是彪形大汉，有些天不怕地不怕，但就是怕这位大娘，大娘叫他朝东，他不敢朝西。大娘很支持他的看青工作，

院角石磨

常常引以为豪,说:"别看我们家的傻子,还能为亲邻做些好事。"傻子大爷的长子名小心,次子明星比我要小几岁,也在双庙小学读书。

麦收之后,我家在麻老陵种了几亩旱季晚稻,称之为麦茬稻。有一年秋天,稻子还没有完全成熟,就被人偷偷地割去一半。父亲和母亲都感到纳闷,割稻人并不是真的要偷割稻子,不然就可以全部割光,不会再留下一些。显然是在对我家发出警告。父母回忆半天,也不知在什么地方得罪了什么人。傻子大爷知道这事后,觉得自己没有尽到看青的责任,一定要弄个水落石出,查一查我家的稻子被谁偷了。经过几天的查找,终于发现是住在冯家村的金山大爷带着人把稻子割了。金山大爷也姓郑,是郑圩孜郑兴宣的长子,不知为什么他和弟弟金斗移居冯家村,并在那里安家落户。金山大爷偷割我家的稻子是由郑善仁大爷的事引起的。

郑善仁大爷是牛行的人。大店集和苗庵集的牛行他都参加。他是走南闯北的头面人物,买卖牛、驴、马等牲畜,都要经过他评估论价。不知善仁大爷和金山大爷结下了什么恩怨,金山大爷要杀善仁大爷。一天晚上,金山大爷带着砍柴刀到了善仁大爷家。善仁大爷正在软床上睡觉,金山大爷在他的头上砍了一刀,他一翻身,滚到床下大叫,金山大爷又一刀砍下,刀被软床的麻绳挡着了,第二刀只让善仁大爷胳膊受了伤。听到善仁大爷的叫声,金山大爷就带刀逃走了。

这件事情震动了全村。父亲忙赶到大店镇，把我大舅接来，为善仁大爷的伤口清洗、敷药和包扎，善仁大爷没有生命危险。这样，金山大爷就对我父亲很不满意，以割我家稻子进行警告。父亲知道这件事的起因，就和傻子大爷商量不要再追究。善仁大爷明知是金山大爷砍了他，既没上告也没追究，事情就悄悄地平息下去了。大人之间的恩怨，我们小孩子一点也不知道。善仁大爷和傻子大爷似乎是同宗同族。善仁大爷原来住在村子东头，后来带着明珠哥搬到我们这一片来了。我带郑沐蕙回家时还见到明珠嫂子，她的身子还很硬朗，彼此还认识，我们在一起聊了往年旧事。

我家的家史

很长时间，我都没有家的概念。1950年，我小学毕业在大店小学上中学补习班，即到县里读书，从此就离开了家。读初中、高中及在上海读大学，过的都是集体生活，家的观念就渐渐地淡薄了。1962年我和武仲英结婚，及至后来生了儿女海歌和海瑶，仍然不得不分居两地。她由山东调到宿县，还是不在一地，我仍然缺少家的观念。直到1974年夏，她与回宿县的工程师对调成功，带着海歌、海瑶到了上海，才结束了两地分居的生活，我们算有了家。这里所说的我的家史，完全是少年时代和父母生活在一起的那个家。1950年之后，家就是游子在外经常思念的老家。至于在这以后老家所发生的：粮食统购统销，家中的余粮卖光，我父亲不得不买粮食再卖给国家才能完成摊派的粮食数字；在"一定要把淮河修好"的号召下，我父亲带着幼小的弟弟妹妹去挖河，母亲要定期送去吃的……那些事令我有着悲壮之感，但都没有亲身经历过。农业合作化，一夜之间，父亲母亲就把所有的土地、牲畜、农具及磨面的面磨、推油的油磨、推粉条的粉磨全部交公了，化私为公。父母及弟妹们就变成了单纯的劳动力，靠劳动挣工分吃饭了。以后就是1958年的"大跃进"，1960年的大饥荒饿死过人……这些故事都是从父母弟妹及邻人那里听来的，没有直接的经历和体验，也不属记述的范围。

从我们家发展的历史来看，我曾祖父、祖父及我父亲都是单传，故没有同宗同祖人家，因之也没有近房，所谓近房即五服之内，一服即是一代。五服之内或之外，也就五代相传。五服之内的人家血缘相近，日常遇到事情能相帮相衬，五服之外虽然还有些亲近，也就没有什么关系了。古语云：君子之泽，五世而斩，也就是这样的道理。

据我祖母所讲，我的父亲三岁丧父，祖父在瘟疫大流行中去世。似乎有些天意，祖父去世的这一年，门前屋后长满了荆棘野蒿，野兔、野鸡、黄鼠狼、老鼠成群结队，也不怕人，见了人反而要龇牙咧嘴，爬到灶台上、饭桌上，与人争食。这种景象在1960年也出现过，都说这是天意。我父亲生肖属鸡，按照干支计算，此年为己酉，是1909年，那一年宣统就位。我祖父去世，父亲三岁时又恰是宣统三年。我有两位姑妈，年龄都长于父亲，可以想见祖母带着三个孩子生活的艰辛情景。两位姑妈出嫁后，祖母和父亲就是孤儿寡母，所以父亲很小的时候就学会种地了，早晨要起早耕地，他怕贪睡晚起，晚上就把农具作床，既硬又高低不平，促使自己早起。直到我父亲十九岁，由郑兴道做媒，把他带到外祖父那里，被外祖父看中，随即订婚，半年后，父亲和母亲就结婚了。

我母亲属猴，按天干地支是戊申（即1908年）出生，长我父亲一岁。我父亲遇到的第一次提亲就是我母亲，那时我母亲是二十岁。在那时的农村，女孩大多是十七八岁就结婚，二十岁应该是几个孩子的妈妈了。此前也有不少人为我母亲提亲说媒，有的在集镇，家境都比我父亲的家境要好，但是外祖父择婿很严，先要看看男方，并要谈话，都没有看中。郑兴道做媒，当然要把我父亲带给外祖父看，谈话也是少不了的。我外祖父是个读书人，曾参加过凤阳乡试。在科举时代，念书人要经过秀才、拔贡、举人、进士几个层级的考试，才能取得有级别的官职，方有资格做官，拔贡也只可立一个牌坊，要做官还要走另外的门路。一般的举人、拔贡，就是地方绅士，是没有官位的地方名人，而秀才只能和"穷"字联系在一起，被称为"穷秀才""穷书生"，在当地谋一个坐馆教书的职业。我的外祖父可能连秀才都未考中，就是一位教书先生。地方上几位有头有脸有学问的人都是他的学生。外祖父还是有名的中医，但他不坐堂为人诊病，只是把医术传给我大舅，大舅在大店镇开了一家诊所，在大店镇的几位医生中算是医术最好的了。其他几位都没能开诊所，逢集时只能摆一个医案，最好的也是在大生堂中药号当一个坐堂医生。外祖父还能看风水,他把看风水的窍门传给我的表兄吴庆江了。

我母亲兄弟姐妹七人,四个兄弟,三个姐妹,在姐妹中她排老三,我的表兄都喊她三姑,姨表兄妹都喊她小姨。她应该是我外祖父最疼爱的小女儿。她虽然没上过学,外祖父还给她起了学名吴心英,为她择婿多年,最后选中我父亲,外祖父可能是看他长得仪表堂堂又忠厚老实,可以把女儿相托。我的祖母虽有土地六十亩,但家境还是穷,穷到什么程度,母亲说穷得连水缸都没有。在我们那里不吃河水或池塘里的水,都吃井水,把井水打上来,挑回家放在水缸里,把水缸装满,不需要每天打水。我们那里的风俗,女儿出嫁后三天回娘家,那一天在天亮之前,娘家要来人把女儿接回去。母亲回娘家,来接的有我的二舅和大表哥吴庆海。那年大表哥十二岁,天还没有亮,看不清,他一脚踏进我家盛水的瓦盆里,结果把瓦盆踩破了,水流了一地。大表哥回去之后就向我外祖母哭闹,说:"奶奶,你给三姑找了这样穷的婆家。"母亲最喜爱讲这段故事,由此讲起她嫁给我父亲后的发家史。

我父亲是不识字的农民,沉默寡言,做事有韧性而且坚定,据母亲说他们结婚的时候,父亲还留着辫子,他的辫子又粗又长,油光光的,干农活时把辫子盘在脖子上。后来他感到留辫子要经常洗头,还要天天梳理,太费事,就把辫子给剪了,干脆剃了个光头。我们小时候看到父亲总是衣貌齐整，没有看他到赤膊或穿短袖上衣及马甲，总是穿着长袖布衫，虽然是土布及自家缝制，但都洗得干干净净。为了干活时能用上力而又不伤腰，腰中又总是系着一根腰带，如果穿白的上衣，腰带就是黑色的；如果是藏青色的上衣，腰带就是绛色的；如果穿黑色上衣，腰带又是浅蓝的。冬天穿着黑色棉袄，也穿长袍，长袍是黑色的，外罩深蓝色长衫，但那根腰带总是少不了的。冬天不干活时，脚穿黑棉鞋及用白色土布缝的袜子。两只裤脚用蓝带子扎起来。我的祖母去世时，他才五十岁出头，已经留起须髯，后来成为飘在胸前的长髯。在上海小住时，我曾给他在书橱前拍了一张照片，很有学者的派头。我儿子海歌结婚时，他从家乡来到上海，参加了婚宴。鉴定家、画家谢稚柳是郑海歌和顾向红的证婚人，远远地看到我的父亲，他问那位白胡子老人是谁？我说："是我父亲。"谢先生说："你父亲不是农民吗？"我说："是啊。"谢先生说："不得了啊，一身仙气。"

祖母和母亲完全是两种不同性格的人。祖母身材高大，很健壮，没有裹脚，完全是大脚板，不用裹脚布，泥里水里也不在乎。她是清朝时的人，居然不裹脚，可见娘家之贫寒，穿着左襟衣服，领口、袖口、下摆都镶有花边。小时候，我还以为奶奶穿的左襟是清朝满族服装，后来从古代石刻及画像砖绘画上看到这左襟衣服很早之前就有了，是老传统。奶奶的上衣很长，蹲下割草时，后襟就拖在地上。我就站在奶奶上衣的后襟上，她割草往前移，也就拖着我向前移，觉得是很好玩的事。冬天奶奶头上扎着勒子，用两块布做成柳叶形状，再缝上布条扎在头上。在京剧中媒婆头上常扎着勒子，勒子前有一颗珠子，官宦人家都用珍珠玛瑙，我奶奶勒子上的珠子是用琉璃做的，有时也会用布缝的圆球代替玻璃珠。

母亲虽然不是富家小姐、大家闺秀，在外祖父家也是娇生惯养的，没有衣食之忧的痛苦。她生得纤细，双目传神，又裹小脚，看起来很脆弱，实际上她很刚强，有些性子，但自控力又很强，过日子精打细算，吃苦耐劳，该节省的绝不浪费，该撒手的也落落大方，乡下人都说她拿得起放得下。她头上不戴勒子，经常围着蓝色的毛巾，有时也顶着白羊肚毛巾。她和父亲结婚的时候，除了那几件箱子、橱柜和一台梳妆镜，没有从外祖父家多拿过任何东西，外祖父知道她经济困难要给予帮助，但母亲不要娘家的一针一线。

由于家庭出身、生活环境的不同，祖母和母亲在日常生活中产生了分歧。祖母渴了，从水缸里舀一瓢凉水喝；母亲不准我们喝生水，总会在粗糙的砂壶中存放冷开水，还放上土茶叶。母亲常说，她生弟弟的时候，父亲为她烧开水，祖母脸色很不好看，还说：不知一天到晚为什么这样渴。母亲不愿看祖母脸色，也喝凉水，因为是在月子里，从此患了寒症，吐黏痰。直到晚年母亲寒症吐痰的病也无法治愈，提起这些，她就责怪祖母几句，这是她们婆媳之间唯一的怨隙。

母亲晚年，我把她接来上海，冬天很注意给她保暖，以免寒症复发。可是有一年冬天，她的寒症还是复发了，胸部发凉，吐黏痰。请名中医颜德馨来家给她诊治，还是肺部及气管上的毛病，无法根治。开了止咳化痰的处方，服后有所好转。至于母亲的寒症是不是由喝凉水引起的，也无法做出科学的判断。

不过母亲刚进门时，和我祖母为了家庭领导权的事的确有过矛盾。首先表现在生活上，祖母粗茶淡饭已成习惯，母亲则认为吃饭不能没有菜，早饭要有咸菜，中午或晚上要有炒菜，母亲让父亲买了许多坛坛罐罐，供腌制咸菜用。母亲腌的咸菜有嫩黄瓜、韭菜花、豆瓣酱、面酱、腌冬瓜，这样就和祖母产生矛盾。母亲刚进门时，祖母要她到井里去打水，我们那口井不是用砖石砌的，只是一口土井，没有井栏，很大的井口上只横着几根木棍，打水的人就站在木棍上，从井口把水提上来，不习惯的人站上去就两脚发抖。祖母要母亲去井里挑水，那不要了她的命吗？母亲身小力薄，根本就不可能把一桶水从井里提上来，又是小脚，即使有人帮她把井水提上来，她也无法把水挑回家，母亲只得挑了两只空桶回家。祖母和母亲都给我们讲过这个故事，但两人的叙述观点则完全不同。祖母对我们说：你娘无用，连一桶水都打不上来。母亲则说是祖母有意为难她。祖母和母亲有矛盾，父亲既不站在祖母一边，也不站在母亲一边，只是闷头睡觉，既不吃饭,也不下地干活,这样祖母和母亲只好休战。一般人家婆媳之间有了矛盾,小姑子总是站在她母亲这一边,添油加醋,使婆媳矛盾更加激化。我的两位大姑妈看到我母亲很能干,又会安排日子,而且有道理,她们多数是站在我母亲一边,劝我的祖母。女儿的话,做母亲的总是听得进的,渐渐地,祖母也觉得儿媳有道理,也就包容退让。我们记事的时候,母亲在家中大权独揽,完全处于家庭主妇的领导地位。祖母百事不问,除了劳动,就是带好我和弟弟。母亲对祖母很孝顺,冬是棉,夏是单,衣服常换洗,这些事都是母亲为她做。给我印象深刻的是到冬天,母亲总是先起身,做好早饭,用灶火把祖母的棉袄、棉裤烘暖,送到祖母的床头。我和弟弟小时候都和祖母睡在一张地铺上,所以,这个印象不会磨灭。

我们家的宅基只有三间房宽,有三间堂屋,三间前屋,两间东屋。堂屋是父母带着姐姐住,兼放粮食,中间的一间算是客厅吧,亲朋来了就相聚在那里,谈天、喝茶、吃饭。三间前屋中间是走道,一边是厨房,一边是磨房,架着一盘面磨。我家本来没有磨,推磨时要向别人借,母亲感到不方便,父亲就为她买了一盘磨。东屋两间,一间是冬天和雨天喂牲口的地方,另一间就是祖母带着我和弟弟的地方。冬天为了暖和,祖母带着我们睡地铺,地铺以土坯做床沿,地上铺着很厚的麦穰,上有芦席,然后才放被褥,冬天非常暖。

老家菜园

弟弟睡在祖母怀里,我睡在另一头,是同一被窝。祖母常说我像一个小火炉儿,把被窝焐得很暖和。

祖母除了在大田里劳动,就是打理菜园。我家本来没有菜园,只是屋前种几棵小葱、一畦大蒜,是母亲和父亲结婚后才开辟的菜园。祖母脚大,又有力气,菜园刨地的活都是她干。为了防猪、羊、鸡、鸭进园子吃菜,祖母先用高粱秸在菜地的一圈扎上篱笆,留一个可以进出的小门,有一扇也是高粱秸扎成的小门,可以开关。菜园里蔬菜的种类很多,有辣椒、黄瓜、茄子、秋葵、茴香、花椒等蔬菜和调料作物。侍弄菜地还要施肥和浇水。菜园的篱笆上爬满了山药藤和牵牛花,山药藤上挂了山药豆,这也是很好的菜。祖母还有一块不用扎篱笆围子的地,种上大蒜、南北瓜和冬瓜,大蒜可吃蒜薹和蒜头,北瓜和生芝麻在一起烧,也是很好的菜,有了祖母的菜园,母亲饭桌上更加丰富了。连祖母也不得不承认,对我们说:你娘做的饭菜是好吃。

祖母的菜园里总是种上凤仙花,留给我姐姐染红指甲用。农村的女孩子也爱俏,夏天用凤仙花染出红指甲、红趾甲。凤仙花要用明矾砸成糊状,敷在指甲盖上,再用扁豆叶包裹才不会褪色。

我的一次经历——被绑票

小时候只听说过土匪的事，从我们那里再往东北二十多里路，宿县和灵璧县交界处，才是土匪出没的地方。在我们村周围的几个村子没听说土匪抢劫的事。从行政区的范围来看，在保甲制度时，是周营保，包括营、邓、李、昌、曹、前周家与后周家、蒋、郑、冯几个片，别的片的情况我不知道，蒋家、冯家、大郑家三村成片，却有着齿唇相依的关系。遇到三个村利益一致的时候，就联合起来一致对外，在周营保的范围内没听过闹土匪。外面的土匪到这里抢劫的事儿也很少发生，可能因为太穷没有富户的关系。

我第一次见到土匪是在我大姨兄保聚哥结婚的时候。大姨妈是我母亲的大姐，家住灵璧县之北的麻湖，他们那里地势低洼，所以称做湖的村落或地区很多。在娶新娘子前夕，天还没有黑，忽然有人说土匪来了。大姨家就忙着收拾婚礼上用的东西，二姨带着姨妹、母亲带着我躲藏起来，吓得我呕吐了。二姨和母亲商量，结婚张灯结彩，躲藏不是办法，也躲藏不了，又回去和大姨商量，干脆摆上酒席，请土匪头子来喝几盅，也许能应付过去的。大姨听了二姨的话，摆了两桌酒席，请土匪过来喝酒吃菜，这时我才算近距离见到土匪。看到他们都是普通的人，并不像传说中的红鼻子绿眼睛，不过他们挎着盒子枪，还有很长的手电筒。一般家用手电筒只能装两节电池，他们的手电筒长到能装四节电池，很亮，也能射照得很远，不时地晃来摇去，显示他们的威武。他们不但有枪，还有马匹，形成了土匪武装，这大概是一支职业的土匪队伍了。土匪们吃饱喝足，没有再生枝节，果然一夜就平安地过去了。

土匪窝地处江苏、安徽几个县的接壤处，离市镇更远，交通不便，比我的家乡更加闭塞，那里的土地多盐碱地，村民也更加贫困，这样地方滋生出的土匪成分更加复杂，多为乡村的游民，还有市镇游民，见过一些市面，也有一部分农民。当土匪的原因很多，其中一个重要的是吃饭问题。研究一下中国农民起义的起因，最早多是这样的基础，后来队伍壮大了，有了一些有文化的人参加，才有了政治诉求，才有了政治纲领，由于中国文化的基因，农民起义的领袖还是离不开造反夺权当皇帝这样的怪圈。

土匪所抢的财物并不都是金银和钞票，被褥、衣物、牲畜、粮食，他们都要抢。抢猪的很少，因为猪跑得慢，成为他们撤退的负担。也有奸污妇女的,但大平原的土匪不是盘踞在山林中的土匪,抢了妇女做压寨夫人,土匪的抢劫都是闪电式的短期行为,队伍也是时聚时散,可以说没有占山为王的。这可能是与平原土匪难以立足有关。

土匪的财源之一就是绑票。遭受绑票的都是有钱人家,土匪要求赎票都要用银元。在我四岁时遭到土匪的绑票,那算是与土匪有了直接的接触。

那天晚上,正在熟睡的时候,母亲把我从被窝里拉了出来,一阵惊呼土匪来了。我穿了衣服就跟着母亲往外跑。过去,也有夜晚躲土匪的,一般都是跑到屋前屋后的庄稼地里,躲一阵,没有土匪进村,就算虚惊一场。这次母亲拉着我,父亲抱着姐姐往外跑,只有祖母一人留在家里,父亲要祖母一起跑出去,可是她不肯,说:我老太婆了,土匪能把我怎样。我们跑着跑着,不知怎么跑散了,当时可能是吓糊涂了,父亲抱着姐姐朝另一个方向跑,母亲拉着我没有跑向庄稼地,而是跑到郑明圣与程树心两家屋山墙的夹缝里躲了起来。这一次土匪真的来了,在屋山墙的夹缝中发现了我。尽管母亲拉着我苦苦诉求,土匪不听,还是把我抱上马带走了。向东北方向过了八丈沟,可能是到了他们的地盘,那人才在马上缓缓地问我。我这时也不感到害怕了,也没有哭,从容地回答他们的问话。

问:"你姓什么?"

答:"姓郑,父亲名郑善玉。"

问:"你家喂什么牲口?"

答:"一头氏(母)牛,一头小叫(公)驴。"

问:"你家的粮囤子大吗?"

答:"不大。我家粮食囤子都是我大(父亲)用高粱秸扎的。"

土匪可能感到绑错人了,又问:"你朗(外婆)在哪庄?"

答:"在吴家。我外姥(外公)叫吴老祥,二外姥叫吴兆义,大舅叫吴景盘。"

抱着我的人听了,对另一个骑马的人说:"坏了。把吴兆义的外孙给拉来了。"

到了一个村子,土匪不再抱我骑马往前走了,把我放下马,放在一廖姓的家里。这户人家是一对夫妻,家里只有一个女孩,两位老人对我还不错,不再管我,还让我和他们的女儿在一起玩。那位爸爸晚上还带我睡觉,过了三天,我家西院的邻居明德哥来接我,见到他,我格外地亲热,哭了起来。明德哥说:"别哭,我带你回家吧。"这样我就跟着明德哥走了。我在路上走不动的时候,明德哥还要背着我。走了一段路,明德哥才对我说:"今儿个不要回家了,到你朗那里去吧。"外婆所住的吴家的西北角,有座土地庙,离村子有一里路,明德哥把我从背上放下,说:"这段路不远了,你自己去你朗家吧。"他说罢就走了,到了外婆家的当天,四舅就把我送回家了。

后来才知道,那天晚上他们要绑票的是程树心的儿子程仁忠。他和我同年,后来我们一起去双庙小学读书。那时程树心是我们村的首富,那天晚上,程树心一家跑到别的地方去了。母亲带着我又恰恰跑到程树心、郑明圣两家屋山墙的夹缝中躲了起来。土匪这次绑票不言自明是明德哥下的底(即眼线),结果拉错了人。他只好把我领回来,虽然是明德哥下的底,但不是绑我,又没受什么损失,只是虚惊一场,我又安全地回来了。明德是隔壁的邻居,出门就见面,所以父母没有抱怨明德哥,仍然照常往来,好像没有发生过这件事情似的。后来才知道土匪把我放下的那个村子是苏家村,离我家十多里路。

兆义外姥是我外姥的堂弟,我外姥称他的父亲为小叔,可能是我外姥父亲的同胞兄弟,我母亲称老人为小姥,我们叫他为老外姥。老外姥小腿生疮,已经腐烂,臭气熏人,多年不愈。我外姥让苍蝇在那腐烂地方生蛆,让蛆钻进去吃掉腐烂的肌肉,再把蛆弄出去,再用包扎散之类的中成药,才把老人的连疮腿治愈。外姥的医术我视为神圣,有着深刻印象。老人长寿,我外姥及小外姥逝世多年后,老外姥还健康地生活着。他对我母亲如同他的女儿,多有照顾。小外姥有没有落草为寇,我没有听说过。我们那里称土匪为拉竿子,土匪头子为竿子头。小外姥还不是竿子头,他是头面人物,交游广泛,可能是黑道白道都有他的朋友。在土匪的圈子中,也有着一定的影响,才使我免于劫难,没有破财,就平安地回家了。从事情的发展来看,母亲并没有把我被绑票的事告知小外姥,或者他知道这件事并未追究。

在我被绑票的事情发生之前,并没有土匪到过我们村子。大家的警惕性还不高,自这件事发生之后,村里的许多人都不敢在村子里过夜了。每到夜晚,村子里的人都赶着牲畜背着行李到野外去,在外边过一夜再回家,后来就赶着牲畜背着行李去王圩孜。所谓圩孜就是在村子四周挖了很深的壕,有两个门可以供人们出入。门有寨门,可以关开,上有门楼,可供站岗瞭望,有人巡逻打更,不停地响起梆子声,有了紧急情况,就鸣锣聚众。更重要的是圩孜里有地主武装,可以起到保护安全的作用。我们那里称之为"跑反"。为了防匪,我们那里有富人的村子就带头筑起围子。有前王圩孜、祝圩孜、孟圩孜,丁集孜也是圩孜。围子所以叫丁集孜,村民以丁氏为主,但最有钱的是祝茂林,当地都喊他为祝老茂,是尊称。我外祖父在祝老茂家坐馆教书多年,祝老茂的几个儿子和当地有些识字有文化的人,都是我外祖父的学生。由于这层关系,我的表妹吴庆媛和祝老茂的孙子祝生恒订了娃娃亲,后来两人结婚成为眷属。

可能由于感到这样长期跑反不是办法,郑明忠就带头发动把他居住的一个郑氏群落也建成圩孜。大郑家成了三个群落，人民公社化时分成三个生产队，有一条大路穿村而过，把一个村子分成路东和路西两大片。路东是一大片，又因中间隔了一条大巷子，地势非常低洼，夏天降雨会积很深的水，无法相通。这一片又分成郑一、郑二两个生产队。我家在郑二生产队。

路西郑家要建圩孜得到全村的支持，经过两个冬天，终于把围壕挖出来了。建圩孜一定要有财主的支撑，那时还没有"地主"这个概念，对有钱有势的富人都称之为财主，只是土财主还不行，富人家还要在外面有人或有在外面做事的人，和地方的官府多少有关系。建圩孜的富人就是为了保护自家的财产，要有武器建立民团，而郑明忠虽然有一辆自行车，他骑着自行车在村子里晃来晃去，但他不算太有钱，也没有和外界联系的背景。圩壕虽然挖成，但没有门，也没有防御的工程，最终没有完成，成为半截子工程。村民对郑圩孜不再寄以希望，有的人家在沟边塘畔挖地窝子防匪。所谓地窝子类似地下室，在地下挖一个坑，上面横着几根木棍，上覆以高粱秸，再以土覆盖，留有一人高的门，人和牲畜都可进出，再铺上一些麦秸，可以在里面睡觉过夜。父亲就挖了这样一个面积很大的地窝子。一旦有风吹草动，我们全家就拉着牲口躲进地窝中。以后日本人进犯中国，我们也用这种方法躲过日本人。其实土匪及日本人真的来了，这种地窝子能否避难，也未可知。所幸的是土匪和日本鬼子都没有进过我们村子。

在防匪的事情上，村民动了许多脑筋，最后一致认为对付土匪的办法就是买枪，把自己武装起来。村子里的人能买得起的就一家单独买，一家买不起的就几家合伙买。买了枪之后，村子里的人就轮流持枪守夜。村里有各式各样的枪，有步枪或盒子枪，也有火枪。我家买了一杆"土打五"，有一个子弹匣子里可以装五颗子弹，这杆枪俗称湖北子条，也叫汉阳造，是湖北汉阳兵工厂造的。据当时人说是比较好的枪，我也感到好奇，虽然没有持枪放哨的资格，也想打一枪尝尝味道。在夏天发大水的晚上，我偷偷地在荷塘边打了一枪。那枪声趁着水发出去，声音真好听。父亲知道我擅自打枪，当时并没有说，隔了数日，父亲才有意无意地对我说：子弹怎么少了一颗。一杆枪备有三十颗子弹，父亲应该是记得很清楚的。我只好说，我打了一颗。父亲说："以后不要随便摆弄枪，走火要伤人的。"就没有再说什么。

日本鬼子打到我们家乡的时候，土匪没有了。当时还不知道是什么原因。后来才听说，土匪也爱国，土匪的武装都变成抗日的武装。老百姓不大相信，本性难改，土匪怎么能变成抗日的武装力量呢。日本人打过来时已有共产党的游击队了，我从皖东北老游击队员的回忆中看到，游击队当时还是八路军系统的，坚持抗日统一战线，团结一切可以抗日的力量,对有着抗日倾向的武装进行政治引导,加以整顿改造,接受游击队的领导,原来的土匪不但变好了,有的还成了革命的武装。同时,游击队也不允许顽固的土匪存在。

1946年岁末,国民党来了,还有还乡团,匪祸又闹起来了。我们所在的周营保平安无事,可是八丈沟东岸的兴卫保就闹起匪害了,连丁集孜祝老茂的家也遭了匪祸。祝老茂有地主武装,和土匪打了起来。土匪败走,祝老茂的地主武装就追赶,并捉到几个土匪,其中有一个姓柴的就是国民党兴卫保保公所的人。

我家的西堂屋

父母发家历史最辉煌的一页,莫过于购置西堂屋的那片宅基地了,尤其是母亲,直到晚年,和我们及她的孙子辈话说当年,对西堂屋还是津津乐道,似乎百讲不厌。所谓西堂屋,除了我们祖传的三间老宅之外,父母在西边又购了两间宽的宅基地,两宅紧紧相邻,有老屋两间,所以称之为西堂屋。我家老宅西边两间宽的宅基是从姓苏的人家手中买下来的。姓苏的小名叫"字",和我父亲的年龄差不多,他管我父亲叫表叔,我就喊他为字哥,没有听到他怎样称呼我奶奶,因此不知他是我们家的什么亲戚,也没见过他家的人。他住在北方,每年都要到我家来几次,有时要住上一个冬天。他应该是我祖父那一辈的亲戚,但又没有听说我的祖辈有老姑奶奶,哪里来的这样的亲戚呢?

在买西堂屋这片宅基之前,父母已从苏家手中买了十几亩地,那都是我记事之前的事。有一块地名南城涯,那块地是八亩,有苏家的祖坟,我们小时候那几座坟几乎平了,只剩下一抔黄土,长满了荒草。苏家没有人来添坟祭祖,每年清明都是我父亲为其添土烧纸。因为那坟就在土地的中央,耕种很不方便,父亲在坟场的地方把这块地拦腰截断,一分为二,所以又有城涯北头和城涯南头之称。苏家有土地,有宅基,又有祖坟,可见他们在这里居住的时间不短,是不是受了郑姓的欺负,无法在这里居住才迁走?我想不大可能。我们村子虽然名大郑家,实际有刘、程、丁、孔、马、陈异姓杂居,世代和平相处,有的还成了村子里的领导人,姓郑的没有人站出来反对他们。

我家光景最高峰时有土地一百二十余亩,也就是母亲和父亲结婚时,又购进土地六十余亩,据母亲说其中有十二亩是购自苏家。苏家的土地都是出租给别人种的,我家买进时有个条件,承租人不交租粮还要再种三年。父母都答应了,所以购买很顺利,而购买西堂屋宅基就遇到许多麻烦。西堂屋前面是二大爷一家住着,两间茅屋,不知什么时候盖的。二大娘已经去世,女儿老汤姐已经出嫁,只有二大爷带着大歪哥、小歪哥生活,仍住在原来的地方。我家买了宅基,盖了两间堂屋。前面有二大爷的两间茅屋挡着,我们要进出必须走西边的小巷子。这时善彩大爷不但不让,还说巷子是他家的,连我们家的西堂屋都占了他的宅基,逼着我父母扒屋。父母请人调解,善彩大爷不答应。我父母还是外柔内刚地请人调停，如果不行，就和善彩大爷打官司。善彩大爷兄弟五人，他是老大，在这场宅基纠纷中，二大爷和善彩大爷站在一边，三大爷站在我家一边，四大爷不介入，五大爷在外乡。在社交上，母亲的能力比父亲强，和善彩大爷打官司的事情由母亲主持。她到大店集找了我大舅，由大舅请人为母亲代写了状纸。但是打官司的状纸要到宿县的衙门去交，可是我父母都不识字，衙门的大门也找不到，去哪里相告呢，上诉无门，母亲准备以死相抗。

一天，我在家中找母亲，在院子里喊了几声"娘"，也不见母亲应答。堂屋的门虚掩着，我推门进去，不见母亲，到她睡觉的房门里，还是没有人。听到盛粮食的房间有声音，我推门进去，见到母亲已经把绳子系在梁上，脚下垫了小板凳，我扑上去抱着母亲的腿，哇哇地大哭起来。这时姐姐也奔了进来，把母亲从小凳子上扶了下来，哭着喊："娘，你不能死！"娘也哭了。她搂着我们说："娘不死了。"姐姐问娘："娘，你为什么要死啊？"娘说："你大大爷欺负咱家。"我说："娘，你别害怕。等我长大了，把那老头按在小缸里闷死他。"我是小孩子说大话，却宽了母亲的心。娘说："就凭你这句话，娘也不能死。"

外公在丁集孜祝老茂家坐馆，离我们村子不远。他知道这件事后，就从丁集孜过来，帮助母亲请了人出面调停。买了酒菜，请了郑兴道、郑善学、郑明凤、阴风大爷、善仁大爷、三大爷和四大爷，也把善彩大爷请来了。经过一天的调停，最后大家逼着善彩大爷把文书地契拿出来，这时才发现，善彩大爷之所以敢扒我家的屋，因为他把文书地契改了。调解的人无法让善彩大爷把地契再改回来。于是为我们家立文书，在文书上写下东西南北四至，还立了界碑。在界碑下立了很深的石灰桩，上立界碑。这样即使界碑被移动，但石灰桩无法移动。也就是在这时候，母亲到土地庙向土地爷许了愿，待儿子念书识字后，每年让儿子写副对联贴上，给土地爷烧香上供。

西堂屋宅基的矛盾平息不久，大歪哥就结婚了，那位嫂子是人贩子从山西贩来的。我们那地方穷，一些男青年娶不起媳妇，人贩子就从更穷的地方把妇女贩来，卖给当地人当媳妇。大歪哥结婚后不久，二大爷就在自家的宅基上盖房子，宅子就在我家东边，紧紧相邻。他要盖屋，父亲就送他家许多高粱秸扎成把子用。我们那边的房顶用木架，有梁、椽子，上铺高粱秸扎成的把子，把子上再苫上茅草。如果没有高粱秸，屋盖就无法收拢。二大爷搬家之后，把原来的屋子扒掉，父亲才把西边那片宅子盖成一进院子，推粉推油都是在这个院子里，山东姓张的粉把式兄弟四人也是住在这个院子里。

父母买进木匠老陵南的那八亩地，我记事已经比较清楚了。我们村有一位郑明昆，他虽然和我是同辈，年龄比我父亲还大了许多。院子不大，房屋却有许多间，明昆嫂子是三铺之南的沈家闺女,是大户人家的大家闺秀,是一位知书达礼的人。和她年龄相仿的人都欢喜她,而明昆哥却性情古怪,我们小时候称他为"老古怪"。他有三个儿子,长子的名字已记不清了,还记得大家都喊他老虎头;二儿子郑德江,是我们家的"大领",即在我们家做了多年的长工;三儿子郑德舟,一直在三铺他三舅家生活,实际是他三舅家的管家。德舟的孙子冯超,随母亲的姓,曾一度在上海工作,后来就去了深圳。德舟的儿子就跟着自己的儿子到深圳去了。我在为大郑村做家谱时,德舟的儿子让儿子带着他专程来到上海,说是要认祖归宗,要把他们一家都编在家谱中,此时他已经改姓冯,不姓郑了。他的儿子原名叫冯超,为了落叶归根,回村认祖,就把名字改为郑超了。

明昆哥的性格虽然有些怪,但他的家却是人场,特别是冬天,村里的人都欢喜到他家里玩牌九。还有一位叫郑德元的,自小丧父,家里的土地不少,他的家就在公路边上,他母亲开着旅店和饭馆,在公路来往贩私盐的,有的到了这里要住店吃饭,收入也颇可观。德元的母亲在当时看来是我们村子的富婆,但德元好玩牌九,他娘不但不加劝阻,还一日三餐送饭,守在儿子身边,劝儿子吃一点,吃了饭再玩。德元玩牌也是远近闻名的。可能是德元感到和村子里的人玩牌九不过瘾,就到大店、苗庵的赌场去赌,有输无赢。几年下来,把他母亲的储蓄都输完了,开始卖地。他的母亲这时托人找我父亲,要把木匠老陵的八亩地卖给我们。

木匠住在郑圩孜郑家,兄弟几人虽分开另住,但都是做木工的木匠。野外有他们家的一片坟地,称之为木匠老陵。德元的那八亩地又在坟地之南,所以称之为木匠老陵,这八亩地地势较洼,多是盐碱土,种下去的庄稼长不好,再说德元为赌博卖地,这时买他的地会名声不好,所以父亲不想买进。中间人左说右说,父亲还是不答应,过了一年多,父亲才答应买了下来。立地契那天,先要丈量土地,下面有根用尺子量好的木棍,木棍上又绑了两根小的木根,交叉成三角形,就成为丈量土地的尺子,量好土地就回来立地契,地契上写有土地尺寸,东西南北四至,卖地人、买地人、中间人都在地契上画押,然后就是喝酒吃饭,母亲能办一桌很像样的酒席。父亲把地买进之后,没有种庄稼,对我说:"这地先要养两年才能种。"父亲养地的办法,一是深耕,把表面的盐碱土翻到下面去;二是种上油料作物,如黄豆、蚕豆,待长到结了荚,还在发青的时候,就把带荚的青杆掩埋在地下,等两年把土地养肥了再种庄稼。

我们那里的风俗:女儿出嫁之后,不再承担父母丧事的费用。我外祖父去世时,除了我四位舅舅分摊丧事费用,我的父母也出了一份,因为我母亲是位孝女。我外祖父对我父亲又是爱护如子,所以我父亲也乐意承担一份丧葬费用。在办丧事的时候,二舅和三舅都说没有钱,要把土地卖给我家。

父亲和母亲商量，二舅和三舅无非是想我们家多出一些钱。父亲还是答应了，三舅的八亩地就是八丈沟的入水口，只要有水，就被淹掉。种了两年，父亲就把那八亩地扔掉不要了。二舅的五亩地，我家一年只种一季小麦。有一年小麦成熟时，被我二舅收去了。我二姨知道这件事，就带我母亲找我二舅算账。我二姨和我母亲的性格完全不同，做事风风火火，是一个敢把皇帝拉下马的人物。二姨经常到我们家里来，姐妹情深，西堂屋刚盖起来时，她来看屋，对我母亲说："郑家，以后他们兄弟分家就不会太挤了。"这时我的弟弟已经出生了。二姨叫我母亲郑家，也是我们家乡的习俗，女的出嫁后，娘家的长辈及兄嫂都用夫家的姓氏，称之为郑家、张家、李家，而婆家这一边的长辈都用女方娘家的姓加一个"孩子"，如我的祖母应称我的母亲为"吴孩子"，不过我的几位舅妈没有这样称呼我母亲为郑家，总是用我表兄的关系称之为您三姑，那是很尊敬的意思。

二姨说话算话，果然带着我母亲到吴家找我二舅算账去了。这次我也跟去了。二姨到了那儿就和二舅吵了起来，后来赤膊拿了镰刀要割我二舅的耳朵，二舅吓得逃跑了。二姨气得晕倒在二舅家的堂屋里，好长时间才醒过来。母亲看到这样的架势，就劝说和解。二姨说：我给你出气，你倒装好人了。在我的印象中，二舅和我母亲还是有兄妹间的同胞之情，相亲相爱，没有矛盾。后来父亲把这五亩地退还给二舅，二舅和我们家还是照常往来,还来我家借磨推油磨粉。

自这以后,父母都认为有这些地够种的了,再没有置宅买地,但是父亲有一个文书盒,是他自己动手用木板做成的,他视之如生命。文书即地契,都是黄色的,纸上盖大红的官印,都是向政府买来的。地契内容都有一定的格式,置地时按照格式填写。祖父有没有留下地契,我不知道,经父母的手置买的地和宅基地,都是有地契的,也应该有几十张吧。父亲不识字,但他不会搞混,清楚地知道哪张地契属于哪块土地的。

说到二舅的事,武仲英说她也有一个舅舅。她说,我舅舅十四岁结婚,我妗子十三岁。我母亲说他们什么都不懂,坐在床沿,两只脚还够不到脚踏,双腿还摇来摆去。舅舅和妗子生了一个女孩。舅舅妖孽,妗子就上吊死了。舅舅再娶,这个妗子对我表姐不好,她告诉舅舅,晚上看到一个男子从表姐房子里走出来。舅舅很恼怒,去质问表姐,并把她打了一顿。舅舅去世后,妗子要再嫁,在临走之前,非要和表姐见上一面。见面后妗子向表姐道歉,说对不起她。当年有男子从她屋子里走出来是她瞎说,不向表姐道歉,不说出真相,她心中不安,就是死了也不瞑目。表姐原谅了这个妗子。

2016年,我带着小孙女郑沐蕙回故乡,老的村子几乎没有人住了,都搬到原来村子的外面,盖成一排的新屋,没有茅草房,都是钢筋水泥结构的平顶房。有的人家盖成两层或三层的小楼,我家原来的老宅基已变成农田,种上了小麦。除了几块残砖断瓦,没有留下任何痕迹。我向沐蕙及几个侄孙讲那老宅的历史,他们都感到可笑,不可思议。历史对他们是无用的。想到古人所说"靡不有初,鲜克有终",真乃是经世之谈,永远如此。

农业文化在我家

父亲的心思都在土地上。我家土地虽然较多,但父亲不浪费一分土地,能长庄稼的土地自不用说,即使田头地脑,路畔河边,只要是属于我们家的土地,他都会种上作物。如黄花菜,我们那里称之为金针菜,是多年生的草本蔬菜,而且不用土质优良的好地,也不用肥料。在耕种不到的地边田头,父亲种上它。一到夏伏天,金黄色的花开满枝头,即使到了做饭时间,母亲会叫我们马上采摘,用新鲜的金针菜炒鸡蛋,味道鲜美,吃不完的新鲜金针菜,祖母会把它采摘下来放在锅里蒸,在太阳下晒干,就成为干的金针菜,冬天食用或当礼品送给亲邻。父亲用来编筐打篓的簸箕柳、荆条子,每年秋冬割下来,第二年的春天又会发出来。路畔河边都可以种,父亲常说"与地争粮,寸土不丢",常常在农村副业作物的种植上表现出来。

父亲常说:"庄稼人有了土地,有了粮食,就什么都不怕了。"又说："粮食是无眼珍珠。"

父亲种地常常要养地,他认为土地像人一样,要侍候好了才能长出庄稼。我小时候就跟着父亲干些小零活,体会到他的养地就是要向地里施肥。我家门前,在喂牲口棚的旁边有一个很大的粪坑。我们那里叫作粪池,除了把牲口拉下的粪便清扫到粪池里,让其发酵腐烂,院子里门前的垃圾、牲口吃剩的青草、树叶都扔在粪池里。池里发酵冒泡,当然也有臭气,可能是看得多了,闻得时间长了,也就不感到臭气熏人了。从卫生的角度看,是很不可取的,但是父亲视之如宝。粪池很大,积满了就要取出来,父亲和我家"大领"连续作战,花几天的时间才能清理干净,从粪池挖出的肥料还要晒干,才能运到地里肥田。不只父亲,奶奶和母亲都有积肥的习惯,鸡粪、狗粪、灶膛里的灰烬都是很好的肥料。此外,河泥、沟土也是肥料,路边长有枯草的地皮也会用来作为牲口圈的铺垫。冬天的时候,男劳动力总是成群偎在墙角下晒太阳聊天,我父亲却总是忙着积肥。以地养地,也是父亲常用的方法。每年都种一些油料作物,如黄豆、芝麻,成熟之后,落叶满地,常会积成很厚的一层。别人家收割完毕,总是要把落下的豆叶、芝麻叶用笆子搂净作为烧柴,我父亲则与一般农民不同,待黄豆、芝麻收割完毕,他会用犁子耕了,把它们掩埋在地下当肥料,与土地轮流休耕的时间结合起来。如种了山芋的土地,一般都是在山芋收完之后,马上种上小麦，可是我父亲不这样做。山芋收完之后，他会把这块地翻耕一遍，让土地经过冬天的雨雪，冻得发酥，第二年的春天才种高粱。有些人在收了小麦之后，马上种下秋季作物。父亲根据土质情况，有的土地在收了小麦之后就不种了，也是用犁子翻耕一遍，让土地经受伏天的日晒雨淋，到了秋天才种上小麦，这种地叫作"晒伐"，我家每年有二十亩"晒伐"地。土地轮休当然是地多的人家才能做到，地少而又不在肥料上下功夫的人家，土地越种越薄，收的粮食就少，陷入恶性循环。父亲当然不懂什么是恶性循环，但他发现这里的问题，常会说谁家的地没有养好，或者说怎么可以这样种地呢。

父亲是山芋育秧的好手。农业合作化之后，生产大队的党支部书记把他当作山芋育秧的专家，用自行车带着他每天早晚两次到各个生产队去指导山芋育秧。山芋育秧是我们家乡每年春天就开始要做的事情。从冬天开始，父亲就准备育秧的肥料，这种肥料是牲口粪便，冬天牲口基本上都养在屋里，它们除了吃饭，也要睡觉，马、驴不用睡觉，主要是牛，为了不让牲口生活在太潮湿的地方，下面要垫一层从路边铲来带有枯草的泥土，还要撒上麦糠，用这些作为育山芋秧的肥料。每年开春，父亲就在我们家院子里用高粱秸扎成的圆形或方形的圈，高及人胸，然后把准备好的肥料放进去，上面覆一层土，把山芋块有秩序地排列在土上，上面再覆以肥料，这时掌握肥料的温度至为重要，温度过低，山芋不生芽，要加温；温度太高，又把山芋块烧坏了，要浇水降湿。中间插了许多高粱秸的末梢，我们家叫它秫秸挺子，通过这些秫秸挺子来测量温度的高低。当时没有温度计，每天早晚两次父亲把秫秸挺子拔出来，放在自己额前或腮上试一试，就知道温度的高低是否适合山芋出苗。一般人家达不到父亲的敏感，不是把山芋块烧毁，就是发不出芽来。山芋出芽时还没有断霜，晚上就用高粱叶盖上；山芋出芽之后，要在地上打成山芋垄，把山芋芽移栽在垄里。等长出很长的藤，至麦收以后，在麦茬地里打山芋垄，趁雨天再把山芋藤剪成一段一段的，插进麦茬地山芋垄中。这一过程很复杂，农业技术性很强，前者叫春山芋，种植面积很少，后面叫麦茬山芋，种植面积多一些，有的人家种几垄春山芋，不用育秧，在育秧前就向父亲打了招呼多育一些，到时就用我们家的山芋苗，地少的人家不种春山芋，种麦茬山芋时，我们也会送给他们山芋藤。

选择种山芋的地块，我父亲不会用最好的地，也不会用最差的地，用土质中等的地种山芋。夏天把麦茬山芋种下去，到下霜的时候才能收，田间管理的时间很长，夏天雨水多，山芋藤容易扎根，会影响山芋的产量，要用棍子挑翻山芋藤，不让它扎根。地太湿不能锄草，要把山芋垄的草拔掉，垄沟里又都是水，我祖母是大脚板，泥水不怕，都是她带我们姐弟和妹妹干这些活。要连续干好多天，脚都泡得发白了，脚上的皮肤也皱巴巴的。如果不能耕地，父亲也会和我们一起干拔草的活。母亲小脚，有时也和我们一起到泥水里去拔草。

收山芋也是繁重的体力活。我家人手少，父亲就用一头牛拉着犁子起收山芋，在山芋垄上右边一犁子，左边一犁子，然后中间一犁子。这样会损失一些山芋，很少有人家这样干。所以到我家的山芋地里捡山芋的人很多，即捡那些被犁碎了的山芋，通俗称作捞山芋，用犁子收山芋，只能用一头牲口，两头牲口容纳不下，我家的大红犍牛力气大，它拉着一张犁子，晃晃悠悠地走着，好像不甚费力。

山芋收回家之后，父亲趁着晚上不能到田里干活，挖贮山芋的地窖。一般挖五尺长，二尺宽，深及人胸，把收回的山芋晒晒水气，即放进地窖中，已经被犁子犁破的或不好的都切成山芋干。切山芋干是我祖母及母亲干的活，姐姐也会跟着干。山芋窖的两端用石头垫起，中间放一木梁，上苫以高粱秸，然后再用土覆盖，呈马鞍形，留有一个小门，塞上干草，再培上土。需用山芋时，把门扒开，一人下去，把山芋取上来，这个活都是我和姐姐干。扒开地窖门，我下去，下去的时候先下两条腿，然后整个人下到地窖中。我用小筐头捡好山芋递上去，姐姐接了过去，把山芋倒出，再把筐头放下来。这样一下一下地取出来山芋，除了人吃，还要喂牲口和猪。取一次大概够用十天，用完再打开地窖取山芋。山芋是我们那里冬天的主粮,一直吃到第二年的春天,吃得胃里都冒酸水。现在老伴武仲英买回几个山芋,像美味佳馔一样地吃着,我看着胃里都会冒酸水。

可能是父亲有"与地争粮,寸土不丢"的想法,他也试过一年三熟,我们那里传统的耕作方法都是一年两熟,即麦季和秋季。父亲的三熟采用间种和套种的方法,一般常用的就是小麦未收之前,在麦地种黄豆,待麦子收割之后,黄豆也长起来了。黄豆收了再种小麦,小麦收了以后栽山芋,山芋收获多在下霜之后,也可以提早收了山芋再种小麦。俗语说"入秋三天遍地红",高粱收了之后再种晚秋荞麦。荞麦收了再种小麦,棉花地里套种蚕豆,蚕豆收获较早,收了蚕豆再种谷子。这样轮番耕种,父亲试了两年就不再搞一年三熟了。他的结论是这里的土地较薄,肥料跟不上,三熟和两熟收的粮食差不多,付出的劳动量太大,种三熟不合算,种三熟只能在肥沃的土地上进行。而肥沃的土地也要保证丰收,不能乱来。

父亲所说的好地就是旱涝保收的土地,这样的土地我家也只有十多亩,因地势较高,发大水时淹不着,当然也旱不着。旱天时这里的土层比较厚,保护土地湿度性能较好,不像盐碱地,一到旱天盐碱都泛了上来,地面像结了一层霜,泥土变成很硬的壳。老百姓说老天爷给土地穿了锁子甲,无法耕种。即使我们那里旱少涝多,一到天旱的时候,还有着求雨的风俗。求雨的场地就在村前的桥头,连接沟和塘,男性敲锣打鼓遍身染黄,画上几笔龙鳞,舞着布龙无规律地唱着跳着,以杀猪宰羊为祭,中午美餐一顿。也有的人家以纸猪纸羊为祭,但要开光,即在纸猪纸羊身上涂一层公鸡鸡冠上的血。有时求雨之后,天气照样地干旱。有时真的下起雨来,从下雨中农民看到求雨的希望,所以一到旱天,村里的人会自发地搞起求雨活动。有时几个村子联合起来,到双庙去求雨。天无绝人之路,大旱之年,有时也会有"西水"东来。所谓西水就是河南等地下了大雨,水顺着河道向东流。西水来了,虽然天不下雨,水也会溢得沟满壕平,村民们就会筑坝拦水,把水引进干旱的地里,这样即使大旱之年也会有丰收。开始不知道西水是从哪里来的,认为是上天所赐,后来人贩子把妇女贩卖过来,村民才知道黄河决了口。这些妇女都是来自河南的黄泛区,来自黄泛区的妇女多数没有留下,那里年成好了就回去了;也有的留下了,又拖家带口地回老家看看就回来了。也有的妇女来自山西或云南。

有一年过了谷雨,又遇到一场严重的霜冻。农谚虽说是谷雨断霜,可是这场霜冻太严重,刚刚泛青的麦苗冻死了。遍地枯黄,有不少农家沉不住气,把麦地耕了种上高粱。父亲也犯愁,他整天在田里转,从田里拔了一些麦苗,连根带回家,和我母亲商量。他的经验是麦苗的根扎到地下有两尺多深,上面的麦苗虽然冻死,但地下的根并没有冻死,还有返青的可能。他把带回来的麦苗的根给母亲看，不打算耕了麦苗种高粱。要想办法保麦苗，他用耙把麦田普遍耙了一次，可以松土保潮，对那几块好地又追了一次肥，果然十天之后已经冻死的麦苗返青发棵了，麦苗保住了，这年小麦的收成还是真的不错。父亲这样做不是冒险，是和他对小麦生长特性有些了解有关系。又是种麦季节，父亲和我在拉条园种麦，这也是旱涝保收的一块好地。父亲在后面摇耧，我在前面赶牛，三亩多地不用多长时间就播种完了。隔了一条小水沟就是郑明友家的地，都到种麦的时候了，明友哥那块既没翻耕又没播种。我们耩完地，父亲隔田相望明友哥的那块地，沉默了一阵说：不种庄稼的地不好看，庄稼是地的脸。父亲不识字，平时又很少说话，当然不会有什么感慨，这话只是他直接的感受。后来，我一直捉摸父亲的这句话，他认为土地是有感情的，土地的喜怒哀乐都是通过庄稼这张脸完整地表达出来的。拉条园耩地几天之后，父亲把明友哥的那几亩地翻耕，又是父亲摇耧，我赶牛帮耩在这块地上种了小麦。经过那块地头的邻人夸奖父亲这件事做得好。父亲仍然是那句话：不种庄稼的地不好看。明友哥住在村子的最东头，我家在最西头，绵延一里许的村子，平时很少和明友哥见面，更没有什么往来。父亲把那块地翻耕，又种了庄稼，本意是出自他对土地的感情，让它好看起来。

可能是我家大红牛和大青驴的力气大，耕地的时候不用吆喝，也不要用鞭子，只要扶着犁把跟着走就可以了，父亲耕地时，犁沟是笔直的，随着犁面泛出的砭子头，就像屋脊上瓦片一样合拢起来，我们家乡给这砭子头一个美称，叫鱼鳞片。在阳光下闪耀着黑色的光彩，父亲犁完地就会站在地头，深情地看鱼鳞片，既是自我欣赏，也是赞美那片土地。后来我才体会到，农民对于土地就像读书人对于书本那样，有着无限情深。

我们家乡用的铁犁由木柄、木拖、犁弓、犁铧头、犁铧面几个部分组成。从岩画或画像砖的图画可以看出，从春秋战国到20世纪30年代，即父亲用的犁没有什么改变，仍然用牛拉着犁地，耕者在后面扶犁而行。对耕得深浅的调节、对土地干湿的犁法，功夫全在耕者扶犁的手上，形成了耕地文化，我父亲对犁的使用达到了出神入化的境界。

对待在土地上滚爬的牲畜，我父亲像对人一样以平等的态度待之，无论是水牛或是黄牛，只用绳子拴着它们的角是无法控制住的，水牛要穿鼻子，黄牛要挽耳朵，这就是平常所说的要牵牛鼻子。一般农家用来牵牛鼻子挽牛耳朵的都是绳索，这样牛耳朵就会流血发炎化脓，牛虽无言，肯定会感到痛苦。父亲不用绳索，而是用柔软的皮条，驴马的笼头也都是柔软的皮条做成，还有牛驴的夹板围脖子，有的农家不注意，牛驴的皮也会磨得没毛，甚至皮破而流血。我们的牛驴都没有出现过这种情况，特别是我们的那匹马，在推磨的

耕地牛

牛棚

时候，从开始到结束都是快步如飞，一路小跑在磨道里转，结束时都是一身汗珠，就像在水里洗过似的，父亲会关照推磨人，在卸磨之后给马披上麻袋。他说牲口也会感冒伤风的。父亲推油推粉，其中一个原因就是粉渣、油渣可以做牲口的饲料。春节一到，我们那里家家都会蒸馍，正月十五蒸面灯。除了人吃的，也会蒸一些给牲口吃。给牲口吃的当然都是杂面拌上一些糠，除夕晚上吃扁食，牲口的一份在正月初一天亮之前，父亲会把给牲口吃的扁食下锅煮好，放在喂牲口的槽里，人们常说富得流油，父亲理解所谓流油就是牲口的毛色发亮。夏天，牲口也出汗，每隔几天，父亲就会把牛马牵到汪里给它们洗澡。驴子怕水，父亲也会用刷子在驴身上刷上一遍，每当这时候，我都看到大青驴低下头，本来竖起的两只耳朵耷拉下来，很顺从，显得很舒服的样子。别人家牛驴都是毛色枯焦，身上很脏，夏天牛驴的身上叮满了牛虻；我家的牛驴都是膘肥体壮，毛色发亮，显得很干净，他们的长尾也不用摆去摇来驱赶牛虻。这里也可能有父亲的富得流油的想法，那时我们已成为村中的四大户，即郑德义、程树心、郑明全和我们家。所谓四大户也不过是在经济上比较富裕，但我父亲从来不夸富，只是在农具上比别家精致，田比别家种得好，牲口比别人家健壮。他知道我们家本来较穷，不是老富户，底子薄，还无法和其他三家相比。

小农经济在我家

耕地用的犁、耙，播种用的耩子，割麦割草用的镰刀，耪地用的锄以及牛马套具及缰绳之类，可以说在我家样样俱全。这都是小农具，别的农家虽不像我家各类具备，多少也都具备几件，这都是庄稼人必不可少的。大车算是大农具，给地里送粪，把收割的庄稼拉回家都是要用它，大车的下面四只轮，上有车箱，用铁制的车轴把车箱装在四只车轮上，用的时候由牲口在前面牵引，没有车头和车尾之分，两个方向都可拉着走。大车分木鞭和铁鞭两种，木鞭车的车轮、车身都是用木头做的，铁鞭车除了车轮的一周用铁片包裹，车箱几条横档也裹了铁皮，车箱也是镶以铜片。我家原来是一辆木鞭车，后来父亲又请来木匠做这样一辆铁鞭车。做这样一辆铁鞭车，父亲视之为了不起的事情，直到晚年，他对这辆铁鞭车仍然是念念不忘。

在父亲制作这辆铁鞭车时，我已蒙眬记事。我们家乡把做车说成扶车。在扶车之前,父亲做了许多准备工作。在扶车的前两年,他就把屋前屋后的槐树和楸树锯倒了,槐树做车轮及几根大梁,楸树做车箱,那槐树是父亲自己培育的,有十多年树龄,椿老如槐,槐老如柴,扶车要用槐树,此时是最好用的时候。楸树不会变形,可以用做车箱。槐树和楸树被锯倒之后,随之又锯成木板,垫以横棍透风,把木板叠堆在阴凉处,使之自然风干。两年之后,父亲请来一位老木匠带着两个徒弟为我们家扶车。木匠先用土坯垒成一个火塘,把木板放在火塘上烤,父亲又根据木匠提出的尺寸,到邻居张铁匠的铺子订制需要的各种铁片,铁轴是用生铁铸的,铜片需要到大店头购买。三个木匠吃住都在我家。母亲和奶奶也是围着扶铁鞭车的事情转。我只知道在铆榫的地方,都用火烤,涂上蜡,然后用大的木榔头敲进去。木匠说这样的铆榫即使大车坏了,也不会散开。有了铁鞭车,父亲才盖了一间车屋。木鞭车原来就在外面,苫以茅草,防雨淋日晒。木鞭车已经破了,父亲并没有处理卖掉。仍然放在那里,没有车的人家也可借去用。大车并不是天天使用的农具。

  大车除了干农活用,父亲还用它"拉脚","拉脚"即是给盐贩子拉盐,给粮食贩子拉粮食。有一条大道从我们村子穿过,我不知往东北到什么地方,向南可到任桥、固镇,过了淮河即是蚌埠。任桥、固镇都有火车站,把贩子的盐和粮食运到那里,然后装上火车运到更远的地方。离我们村子不远有一个苗庵集,那里是盐和粮食的集散地。我们村子去拉脚的即从苗庵把盐、粮食装车,送到任桥、固镇,连装卸的时间在内,拉脚一次要两天,所挣的都是银元现钱,收入颇可观。没有大车,就用独轮车帮着运,后面一人掌车向前推,前面一个用绳子拉,一般都是父子兄弟。村子里有不少人家从事这项运输工作。从我们村子穿过的那条大道,白天黑夜都有运输,人叫马嘶,黄尘滚滚,很是热闹。父亲就和郑明训合伙,我们这一辆铁鞭车,共有大红牛、大青驴、明训哥家一头牛合拉。有时是明训哥的父亲老西大爷和我父亲一起出车,所运的可能是从连云港那边贩来的私盐。

明训哥比我父亲小几岁,小名叫憨子,身材魁梧,真是一条乡村汉子,略识一些字,青年时期,东游西荡,被村子里的人认为不走正路,是我母亲做媒,把我二姨村子里的张景品的女儿说给他为妻。结婚之后,他一改前习,完全变成另一个人了。从此,老西大爷和明训哥的日子才好起来。老西大爷是善字辈,有个大名,但很少人知道。村子里的人都叫他为老西,老西住在村子最东边,大家都叫他西(或喜?),还有一位住在村最西边的,人们称他为东。东跟我爷爷同辈,属兴字辈。我家和明训哥家往来多年,他的儿子德香和我们这一辈的人至今仍有往来。

从种棉花、轧棉花、弹棉花、纺线、织布、印染到缝制衣服,都是我母亲和奶奶亲自动手。我们家屋后有一块地,差不多每年都种棉花。那时棉花还没有育秧的技术。每年春天都是我奶奶在田里挖一个坑，几粒棉籽，丢进坑里，我母亲和奶奶就是这样一个坑一粒棉籽把一亩棉花种了下去。待棉花苗长出来了，又要锄草、施肥、去叶、掰叉，进行棉田管理。棉花开花，白的黄的花片片带着紫红色的筋络，虽没有香味，但甚是好看。棉花结桃、吐絮，又是一片白色。奶奶在早饭前都会在棉田里劳动。我们把采摘棉绒叫拾棉花。奶奶把拾来的棉絮背回家，一身露水。采回来还都有棉籽，要通过一道工序把棉绒和棉籽分开，经过弹花纺线——弹花是把棉絮放在高粱编织的簿子上，用一张弓把棉绒弹得蓬松，搓成一根根棉卷，称为"棉卜究"，也就是棉条，此时方能纺线。轧棉花和弹棉花都是母亲和奶奶做的。别看母亲身小力薄，一张弓在她手中运用自如，弹棉花的弓分弓挑，用有弹性的柳枝或桑枝做成弯曲形，一头系在弓上，一头用带子绑在腰中。弓有弓身，用木头做的，绷有弓弦，是用牛皮做的，要从市场买。再有就是弓锤，家乡称之为棉花棰，两头粗中间细，弹棉花时，把棉花摊在高粱秸编织的簿子上，弹棉花的人身背弓挑，一手持弓，一手握棰，用锤在弓弦上棰击，随弓弦的震颤，棉花就渐渐蓬松了，随着木棰的敲击，弓弦发出有节奏的弦声，虽无调子，但很好听。母亲弹了一天棉花，腰酸背痛，姐姐给母亲揉腰，我给母亲搓腿。如果农田里没有活干，父亲也会代替母亲弹花。弹出的棉花蓬松，风一吹，棉绒就会像柳絮一样飘飞。

纺线全部是奶奶干的活。母亲持家，有姐姐帮助。奶奶连厨房都不进，带着我和弟弟住在西堂屋，每天天一亮就起床纺线。一天除了吃饭她才离开纺车，其他时间她都坐在纺车前，一手摇动纺车，一手把棉条纺成细线。手臂扬起落下，落下扬起，把棉条纺成线，线又变成线穗。在锭子上插上高粱自然长成的空心皮，像现在的饮料吸管一样，纺出的线都缠在上面，变成线穗。线穗像橄榄一样，中间粗两头细。晚上，奶奶点着油灯也在纺线，那油灯是用土陶烧制而成，也有铁的灯台，也有时用碗当灯，点灯油是棉籽油。用棉花搓成细细的芯子，有时也用灯草，点灯时只耗油，灯芯燃烧得很少，我有时睡醒，看到奶奶还在纺线，微弱的灯光把她的身影映射在墙上，很像一张画。

棉线放上织布机前，先要把线穗上的棉纱络在大络子上。这样棉纱就会变成直径两尺的线圈。一个线圈叫作一缕子，然后把线圈放在锅里用面水煮，家乡称之为浆线。浆线时锅里锅外，还要拧干，是件用气力的活，都由我父亲来做。有的人家要母亲代为织布，就是在这时把一缕一缕的线圈送来，一起上浆，上了浆的线圈晒干之后，又要转到小线络子上。然后又有几道工序才能上机织布。这中间的几道工序，我虽然还记得，但名字已经忘却。上机织布又多半是我母亲的活了。在农家的用具中，织布机结构比较复杂，第一有一个机筐，机筐上有卷棉纱的龙头，可以转动，也可用有凹槽的木板使之固定，有机架、缯、杼及梭板，都用绳子吊在机架上，最后是卷布的轴，把织好的布卷在轴上，通过杼和缯，和龙头连在一起，下面有两块脚踏，和两张缯连在一起，织布人坐在机筐的横板上。手持木梭，脚踏两板，一上一下地踏着，穿梭在两张缯中时开时合，待缯把棉纱张开时，木梭趁张开的缝隙中左右来回穿过，人们常形容向左向右走动的人群如穿梭一般，是很形象的。手、脚、眼要配合得很好，才能不断将棉纱顺利地织成布。母亲织布就像父亲种地一样，是用智慧织就，而且感到快乐。母亲不但可以织纯白的土布，还能把各种不同颜色的棉纱搭配起来织出许多带花纹的布。母亲织了一天的布，晚上总要喝一两盅白酒解乏。酒盅很小，称之为"牛眼泡"，大小如牛眼。祖母和父亲都不善饮酒。

谈到喝酒的事，妻子武仲英就有话可说了："你父亲来上海过了些日子，老人家滴酒不尝。我父亲会喝酒，肯喝酒。在家中藏有酒，他出门喝一口，进门喝一口，趁母亲看不见，他会连喝几口。有时外出喝酒，一喝就醉，一醉就发酒疯骂人，因之得罪了许多人，我母亲去向人家赔不是。常常因为喝酒，父亲和母亲发生矛盾，母亲会把父亲的酒瓶扔出去。我弟弟时飞继承了父亲喝酒的传统，每天三顿，也常喝醉，但不发酒疯。我也继承了父亲喝酒传统。有一次跟着你去三峡访古，乘船到宜昌上岸，你的同学张雪年接我们去荆州住了几天，每天都和他喝酒。由荆州去武汉看望陈修诚，我和张雪年也是一路喝酒。有一次，你们同学聚会，聚会结束，你请你们同学吃饭，请他们喝茅台酒。你们同学都很高兴，特别有几位同学说自己喜欢喝酒，而且喝不醉。我陪他们喝酒，结果有三位同学都醉了，被我喝倒了。不过，我喝酒没有瘾，也从来没喝醉过。平时你也只让我喝点黄酒，不会醉，也不伤身体。"

我们那里农家相互关照支持，不是用语言来表达的，事先也不讲条件，一切都是在朴素自然中进行。没有织布机或根本不会织布的人家，叫我母亲为他们代织一些布，我家并不去想他们会在什么时间什么地方会帮助我们。有一年收麦的时候，奶奶带着姐姐和我下地割麦，疤眼大爷和大娘已经到了我家的田头，姐姐说：疤眼大爹，错了吧？这是俺家的麦地。疤眼大爷说：知道是你家的麦地，我和你大娘就是来给你家割麦的。我们家劳动力少，田里的活经常要请别人来帮助，可以说没有人推辞而不答应的。

我母亲是位磁性人物，她在村子里有许多朋友，我印象最深的一位是杨孩子，一位是张孩子。冬天农闲时，她们就会到我家来，和母亲拉呱，一拉就是半天儿。杨孩子母亲家姓杨，是羊山（忘记大名）的母亲，羊山和我同年。夏天在宅边田头，她们经常见面，见面总要说上一阵子话才去干活。冬天，她会带着针线活到我家，和我母亲边做针线边拉呱。

冬季农闲时

我母亲也常会到她家去。杨孩子晚年生病，去世前还要求和我母亲见上一面，之后她才离世。张孩子是蒋家村的，娘家姓张。她的丈夫是蒋玉玺。蒋玉玺的姑妈是我三妗子，因此她叫我母亲为三姑。她常带着针线从蒋家村到我们家，和我母亲也是边做针线边拉呱。她们所谈的都是家常话。直到现在，她们的后人和我彼此都心存牵挂，电话问候，有机会还想见面倾谈。

武仲英说——你母亲只能算小家碧玉，我母亲才是大家闺秀。我外婆家在夹沟街上。我母亲姐妹三人，大姨二姨出嫁之后，我外公外婆就相继去世，家中就剩我母亲和舅舅，他们的年龄都还很小，母亲很早就主持家务了。母亲和父亲结婚时，因木材未干，不能做嫁妆，所以母亲的陪嫁是金钱、首饰和珠宝。母亲嫁到武家后，就卖首饰置地，镇头寺产香稻米的地，就是用母亲卖首饰的钱买的。那几亩地是用镇头寺的山泉水灌溉，只有那几亩地产香稻米，煮饭香气扑鼻。我小时候就常把母亲陪嫁来的首饰拿出来戴，你看我的耳朵还有洞眼，就是为了戴耳坠扎的，有些珠宝都被我们这样玩丢了。土改还有许多珠宝被抄去分掉了。母亲还说卖珠宝买地，结果成了地主，太不合算了。

我母亲不识字，她能背出《三字经》书中的一些句子，还能讲《三字经》中启蒙的历史故事。三皇五帝、嫦娥奔月、牛郎织女的故事，如牛郎挑着小儿女和织女见面，天河相隔，许多神鸟如何用自己的羽毛搭成一座桥，使牛郎织女过河见面。还会讲花木兰从军前也会织布，讲孟子母亲也会织布，不然就不会用断机杼的话来教育孟子了。母亲讲孟母断杼教子读书，不是作为一般故事讲的，也有教育我们好好读书的意思，那时我还没开始读书。

织了白土布还不行，母亲还要染成青、蓝、黑及有花纹的布。然后才能缝衣服。男性农民夏天白色上衣，没有穿白色裤子的；冬天的棉衣更是染了色的土布做的。冬天更不用说了，要穿有色土布衣服，特别是女性夏天穿的衣服也多是染成蓝色的。母亲不只是会织布，还会染布。染布时用的明矾是少不了的，要到集上去买。其他都是野草、庄稼棵子当染料，由母亲自己动手配制而成。除了纯蓝、纯青、纯黑三种颜色，母亲还能染扎花布。她用石灰染镂花布，也会把白布扎成花纹，染成扎染。为了考究一些，也会送到街上染坊去染。三大爷有个女儿，小名叫扣，改口叫我父亲为小大。农村很重视这种关系的，我娘待她同自己的女儿一样。逢年过节都要把她接过我家来在一起吃一顿饭。我们都叫她扣姐。扣姐出嫁时，三大娘已经去世了，扣姐的衣服及装箱礼品由我母亲打理，在装箱的礼品中有几匹花布，都是我母亲在染坊里染的花布。扣姐的婆家姓李，出嫁后我们就叫她老李姐。我父亲去世时，老李姐已经去世了，老李姐夫年纪也不小了，他仍然带着儿子来烧纸，我母亲就像对待我的姐夫和妹夫一样为他做了孝服。他也在我父亲的灵棚中为他守灵。

麦收季节要请人帮忙，一般都是请村子里的割麦好手七八人。开镰的那天，这些好手都齐集地头，看谁先把镰刀第一个竖在麦田里，先竖镰刀的人肯定是第一快手，没有人能超过他，他们称之为带头趟子，然后才是其他人自度快慢，第二、第三……依次地排列下去，割下的小麦还要用麦秸捆成捆，把麦捆竖在一边，就像流水一样，一浪一浪地向前赶。镰刀过后，他们身后就是一捆捆竖在那里的麦个子，就这样你追我赶，带头趟子始终割在前面，把其他人拉在后面有几尺远。请人割麦大多是条播小麦，收获散播小麦时就比较粗放。我们家有绰子和网子，是专收散播小麦用的。绰子是用竹子弯成半圆形的骨架，上张有用细铁丝编织的网眼，关键是绰子装有锋利的刀具，有两尺多长，我们称之为剡。收麦时持绰的人左手在前用力牵动，右手紧握绰子把，用力向前推，割下小麦都入绰内，然后转身倒在网子里，全是腰部用力。网子是用木架做的，上面为四边形，下有两条弓形腿，张开用苎麻结的网衣，收麦时拉网子人紧随掌绰子的人要配合好，一步一步向前挪。父亲掌绰，母亲拉网子，有时奶奶也会拉网子，这样两个人一天可割小麦二十亩。我的胆子大，什么都想试试，我掌绰，姐姐拉网子，开始还比较像模像样，毕竟年龄小，手和腰的力气不够，手一软，剡上弄出一大缺口，立刻就不能用了。父亲没说一句批评的话，又到大店买了一条新剡。

把收割的麦子运回场上，劳力多的人可以三四人配合，用背上的力气，喊着一、二、三就可以把一车麦翻倒在场上。我家的人少，没有条件用人力翻车，父亲就在铁鞭上装两木架，张开用苎麻绳编结的网，网衣下放两条绠，父亲称之为权手，运割下的小麦装得满满的一车，运到场上，用牛拉着两条绠，小麦就能从车中翻到场上，人不用费力，这是父亲的发明。村子里的农家很少用这种方法运输收割后的小麦。

冬天新鲜的蔬菜不多，有萝卜、大白菜、北瓜、胡萝卜，这既可当饭又可当菜，都是自家种的。到了冬天，萝卜、大白菜、胡萝卜会被冻坏，也像山芋一样，父亲会挖一个窖子把这些菜窖起来，过了冬天还是新鲜的。其他如豇豆、豆角、金针菜、腊菜都是晒干了的干菜，到了冬天，配上其他的菜经过烩或炒，味道也很可口。荤菜有鸡、鸭及其所产的蛋，也是自家养的，除了新鲜鸡蛋，还可用盐和沙土包裹起来，腌成咸的，用石灰可以做成皮蛋，我们家乡称之为变蛋。猪肉是自家养的猪，父亲除种地，他嫌费事，不大养如羊和兔子等家畜，家中只养一头猪，春节时杀了过年。母亲还会腌一些咸肉，熬一些猪油，以备平时食用。用猪油炒白菜萝卜，再加几粒自家炸的丸子，是我家冬天常吃的菜，称之为杂烩。自给自足的小农经济，在我家也是典型了。老伴武仲英和我同为宿县人，也会做杂烩，我们晚年对家乡的风味念念不忘，她的兴趣来了，也会烧上家乡的杂烩美餐一顿。这些除了盐需要到市场购买，其他都是自家产的。父亲怕我们口馋，见别人家的孩子吃东西流口水，除了杏树之外，他还栽了桃、梨、枣、柿子、石榴多种果树，自夏天麦收到冬天，我们都有水果吃，梨树和柿子树不是直接就能结出果子来，需要嫁接。梨树是由棠梨树嫁接而成，棠梨树在"关老陵"那一节中，我已讲了许多。柿树是以元枣子树为母本嫁接而成。不知元枣子树的学名，其叶如柿，结果成串，挂满枝头，初时色青，渐渐变红，成熟时就变紫了，大小如葡萄，真如一串串紫色玛瑙，其味苦涩可食，但不为人所欢喜。有一种白脖灰身眼圈碧蓝的鸟喜欢吃它。我们称此鸟为山和尚头。平时也不多见，但元枣子成熟的时候，它们成群结队集于树梢，不知它们从什么地方飞来，待枝梢上没有元枣子了，这些鸟也都飞走了。杏子可以晒成杏干，柿子可以做成柿饼，都可以长年食用。

　　我家还有几棵树都是远近驰名，可能不是我父亲亲手栽的，一棵是长在祖坟上的小孩拳，可能就是黄杨树的一种，树身不高，弯弯曲曲，树身长满如小孩拳头的疙瘩，树枝伸张，呈椭圆形，枝杈繁茂，不只是覆盖了我们自家土地不长庄稼，也覆盖了邻边土地，那块地的主人就和我父亲交涉，要把那覆盖他家土地的枝条去掉，父亲认为椭圆的树头去掉一些就不完整了，答应赔偿损失。经调解人评估，每年给那地的主人多少粮食，树枝便完整地把树头保留下来。秋风起,那树叶由青变黄,由黄变红再变紫红,甚是威风。那是一棵不成材的树,经历了几个时代都没有人要锯掉它,只是为了它的好看。我离开故乡多年之后,直到1958年才被公社锯掉拿去大炼钢铁。楝树是一种很好的木材,但长在祖先的坟地上就被认为是不祥之物。有句谚语:"老陵长楝,必定讨饭。"不容老陵上长这样的树。可是父亲并没有把楝树砍去,楝树在我们那里也是稀见的树种,是做家具的好木材,果实如纽扣一样大小,经霜以后,由青变黄,冬天也是黄金满树,直到第二年春天发芽,它才脱落。我们那里把楝的果实称之为楝枣子,虽不能食,一则谜语和它有关:青滴溜,黄滴溜,人不滴溜它滴溜。家长常说这个谜语是让刚刚懂事的孩子猜的。

父亲为什么不怕后代讨饭而不锯掉祖坟上的楝树呢?父亲说:楝树开花,春天就过去,夏天就要来了,该下地种夏天的庄稼了。后来读书,才知道有二十四番花信风之说,即小寒到谷雨共八个节气,一百二十日,五日为一候,计二十四候,每候有一种花信,即小寒季节三信:梅花、山茶、水仙;大寒季节三信:瑞香、兰花、山矾;立春季节三信:迎春、樱桃、望春;雨水季节三信:菜花、杏花、李花;惊蛰季节三信:桃花、棠棣、蔷薇;春分季节三信:海棠、梨花、木兰;清明季节三信:桐花、麦花、柳花;谷雨季节三信:牡丹、荼蘼、楝花。楝花风起,春去夏来。

我家另一棵闻名远近的树就是那棵老椿树。这棵老椿树两人合抱，高及数丈，被当地人称之为"椿树王"。出了大店集北门口，相距十多华里就可看到它，这话一点都不夸大。因为大店集离我们村十二里路，中间除了六里庵子有一座低矮的茅草茶棚，中间没有任何村庄，广袤大平原一览无余，举目就可以看见这棵"椿树王"。椿树下常是村人聚集的场所，端起饭碗就来到这里，边吃饭边聊天，唱丝弦、说鼓书的乡村艺人也在这里摆场子说唱，村里有什么重大的事情也会聚在这里商量。它生长在路旁，陌生的行人经过这里也会驻足观望，树上有乌鸦、喜鹊及斑鸠的窝，它们分层筑巢，互不侵犯，树身太高，没人能爬得上去，鸟雀在上面也很安全。日本人到了大店之后说是下乡扫荡，伐木砍树修筑据点，父亲才忍痛把它锯倒，并把树身截成几段，把它藏在大汪的水中，以后这棵老椿树还真是派了用场，为我姐姐出嫁做了嫁妆。

父母都欢喜种花，在院子里沿着墙根栽了各种各样的花，有蔷薇、月季、菊花、冬青、南天竹和马兰，父亲说院子里有花好看，花可以使墙不受雨水冲刷。受父母的影响，姐姐也欢喜种花，在她家农村小院种了许多花，像个小花园。武仲英每次去大姐家，都对她的花赞不绝口。我也欢喜种花，刚搬到四平路1950弄，大院里有一块地没人管，我就到附近五角场花鸟市场买了一些花种在院子里，有山茶、垂丝海棠、

椿树王

榆叶梅、海珊瑚、杜鹃、石榴、桂花、梅花，可以说一年四季都有花可观赏。后来有了绿化工人，他们听园林工程师的，为了整齐好看，把花树不该剪的也剪了，不该修的也修了，有的移栽别处，树移栽后就枯死了，如今只剩下几棵青樟、榆树和水杉了。有时读庾信的《枯树赋》，难免有"树犹如此，人何以堪"的感叹。

民风民俗在我家

春节前后,农村的民风民俗都展现出来。无论穷人或富户都要过春节,有的简约一些,有的复杂一些,但都有浓厚的民风民俗味道,仅就我家的民风民俗略记一些。实际上从十二月初八,俗称"腊八",春节的风俗就开始了,直到春节后的二月初二才告结束。

在家乡,每年十二月就天寒地冻,进入真正的冬天了,所谓寒冬腊月,十二月为腊月。十二月初八称之为腊八节,没有什么仪式,只吃一顿腊八粥。腊八粥就是较稠的稀饭,粥里放一些红枣、豆腐干、豆腐皮、胡萝卜丁,加上一些盐。一般都是早餐吃,吃腊八粥时,我就忙起来,不只是自己吃,还要给果树吃,果树有疤痕的地方,涂上一些腊八粥。人们认为疤痕就是果树的嘴,果树吃了腊八粥会结更多的果实。

腊八节之后即逐渐地开始准备年货。买灶王爷像、门神、春联纸、鞭炮、烟花,也要买几张剪窗花用的花纸,真正做过年的准备是在腊月二十四，这一天是灶王爷上天汇报的日子，祭灶也是在这一天。祭灶也很简单，烧上一炷香，摆上家中的鸡蛋等食品，向灶王爷祷告：上天言好事，下界保平安。直到春节，在灶前贴上灶王爷像，灶老爷才回来。送财神一般都是在春节前一两天，送财神的人用一张像书本一样大小的红纸，印刷出财神像，或者干脆写上"恭喜发财"，贴在门板上，也不说什么，过了正月初三，他们就上门，敲着呱嗒板，唱着："新年新春大发财，斗大的元宝滚进来。"这种文明讨饭，多少都要给几个春节蒸的馒头。

春节之前，母亲忙着蒸馍，有纯白面的馒头，有高粱和麦面一层一层卷在一起的花卷。她早晨很早就起来和面，都是发面，用引子发酵。这种引子称之为面头，伏天就做。除了白面，还有黄金瓜和别的东西，用高粱或荷叶包裹，放在屋檐下风干，用的时候敲下一块，浸在水里发酵，蒸馍时用来和面，类似现在的发酵粉。在蒸馍时，上面用箅笼蒸馍，下面熬糖。熬糖的原料是山芋。熬出来的是山芋糖，要把山芋熬成糖需要大麦芽，我奶奶早就准备好了。熬出的山芋糖，用爆米花、芝麻、苋菜籽、花生米做成各种糖块，也可用面粉做面糖。正月初一招待上门拜年的人，由于父亲的辈分比较高，年初一来我家拜年的人特别多。熬出来的糖稀凝结成糖瓜，很脆，用秤砣一敲就碎，就像零食一样，我们出门敲一块，进门敲一块，放在嘴里，像糖一样就融化了。还有一部分糖稀装在带釉的瓦罐里，用河泥把罐口封上，放到收麦时卷烙馍吃。

春节晚上烧香，父亲最为关注，吃过晚饭后，他就开始烧香，不只是给祖宗烧，每间屋子的门的两旁、门前的大路边上、场边上、老椿树、大桑树及至粪堆上，他都烧上香。烧香时也没有什么祈祷，只是烧香，通宵不断，一直烧到天亮，大概要烧十二炷香。我对此也很有兴趣，后来就由我代替父亲烧香，屋里屋外都是香气扑鼻，此事做起很有乐趣。我们前面的村子是蒋家村，有一户人家父子都会做香，可能是因为我们有烧香的习惯，他们会送香上门，不用给他们钱，给一些粮食即可，除了小麦，他们也要一些绿豆、黄豆之类的杂粮。

正月十五是元宵节，是一年中不大不小的节日，母亲仍忙着蒸馍，这时蒸的不是馒头，而是蒸面灯。蒸灯多用豆面，面灯有凹下的灯窝，灯窝有边有沿，插上灯芯，倒进麻油就可点亮。除此之外，还根据我们每人的生肖，蒸上鸡、猴、兔、龙、牛、猪等各种生肖动物，十二生肖都有造型，完全是母亲及姐姐用手捏成的。元宵晚上要点灯，父亲会像烧香一样把灯点亮，放在屋门的两旁，点过的面灯有油烟味就不大好吃了，父亲就用来喂牲口。正月十六是接出嫁的女儿回娘家的日子，有句俗话：正月十六好日子，家家都接秃妞子。不管多大年纪的姑姑都会接回来过几天。我的两位姑母去世，就会把表姐或表妹接来过几天,奶奶的娘家没有什么人了,无人来,只有我的母亲会被外婆家接去过几天。姐姐出嫁之后,我们也会把姐姐接回来。这种风俗一直延续到1949年之后的几年,现在都消失了。

春节期间村民的娱乐方式就是掷骰子。骰子是骨质的赌具,上有黑红色的点子,一、二、三、四、五,最大的是九点,如何玩法,怎样决定输赢,这些规则我都不知道。只记得用一只大饭碗,手指捏着骰子掷到碗里打转,不进赌场的人,就在门前一群人围着碗掷骰子。我的父母有时也参与掷骰子,输多赢少。那时乡村里还用铜板,多是清代道光、光绪年间铸造的。虽说是有输赢,实际上是村人的游戏。宋代就有画家画出掷骰图,从画中人物的口型中,可以判断是几点,可见画家有掷骰子的经验,观察细致,是写实之作。

母亲还会剪窗花,也多是在春节前进行,用朱砂红纸剪石榴、柿子、苹果之类的水果,把纸折叠在一起,剪好后拉开,有许多链条环环相扣,可以悬挂起来,另一种就是剪花草、牛、羊、马等图案贴在窗户上或门上。母亲还会绣花,绣花鞋面、绣花肚兜、绣花衣边、老虎头棉鞋。母亲把这些手艺都传给姐姐。除了供我们姐弟三人穿戴,邻人相求她也会帮助。我的小孙女郑沐蕙出世后,姐姐还为她做了绣花肚兜及虎头棉鞋。

江南,特别杭嘉湖地区有蚕农,以养蚕为业,而安徽淮北地区农家很少有养蚕的。而我姐姐却爱好养蚕。不知道父亲从什么地方为姐姐买来蚕卵，蚕产卵在一张黄色的棉纸上，称之为蚕帘子。蚕卵孵出蚕宝宝需要一定的温度，不养蚕没有这种专门的保温设备。祖母就把蚕帘子揣在胸前，用人体的温度孵化蚕宝宝。这不是一两天就能完成的事。可是祖母有耐心，无论是白天干活或晚上睡觉，蚕帘子一刻也不离怀，这样要经过许多天，蚕宝宝才会出来。蚕爱干净，除了自然空气不能有酸辣香甜等杂气，这些杂气能把蚕宝宝熏死。蚕宝宝一旦出来养蚕人就不能再涂脂抹粉，家中也不能有葱蒜辣椒气味的食物。母亲晚上喜欢喝两盅，也只得暂时停杯不饮。蚕宝宝出来的时候，也正是桑树吐芽的时候，随着桑叶的长大，蚕宝宝也会一天天大起来。自家一棵树所产的桑叶不够，就去采邻家的桑叶，不需什么代价，只要打一声招呼就可以了。几簸箩蚕，每天要喂几次，蚕食桑叶先从叶边开始，很快就能吃完一片桑叶，蚕吃桑叶，发出沙沙的声音，清脆而连绵不断。蚕熟的时候要上架结茧，父亲就把芦苇、高粱秸放在簸箩里，蚕会自动地爬过去，摇摆着头吐丝结茧。再以后即把蚕茧放在锅里，水煮抽丝，剩下的蚕蛹油炸之后香酥可口。这时会送一些给曾用过其桑叶的邻居，在这期间，姐姐的全部精力都放在养蚕上。

二月二，龙抬头。也是过了二月初二，农村就要开犁春耕了，一般都不会把二月初二当做什么节日，可是父亲却把这一天当做节日一样，搞一个围仓活动，所谓围仓就是把从正月初一到二月初一这一个月的锅底灰烬积攒在一起，我们称之为"青灰"，到二月初二这一天，从家门口到场地画成一个个圆圈，圈圈相连。每个圆圈的直径都是两米多，圈的大小相等，不知是怎么画的，名为围仓，大概是祈祷丰收的意思，不是每家都这样做，只有我父亲是每年如此。

清明祭祖，八月十五吃月饼，在我们家乡没有什么特殊的地方，端午节除了吃粽子、饮雄黄酒，孩子在额前画一道符，我们那里还有给孩子扎耍线的习俗，即把五色线绕在一起，给儿童扎结在手腕及脚脖子之上，据说这是为了让孩子平平安安、长命百岁，我们姐弟当然也是免不了要扎耍线的。

绣花、扎耍线所用的彩色丝线不用到镇子去买，经常有货郎担走村串户叫卖。一副货郎担简直就是百货店，从针头线脑、食用香料、棒棒糖到女孩子用的香粉胭脂，膏霜、羊胰子、梳头油等样样都有，可以用钱买，也可用粮食换。母亲常在货郎担上为姐姐买些化妆用的东西。我姐姐不用梳头油，认为梳头会使头发分叉脱落，她用榆树皮经开水泡后用来梳发，使头发乌黑发亮。我记得姐姐泡的榆树水发黏，用小木棍一挑，可以扯成很长的线。洗衣也不用羊胰子，我们那里把肥皂说成羊胰子，洗衣皂角在汪边洗衣石上用木棒锤锤，有许多泡沫，用皂角的泡沫洗衣服比羊胰子要好。还有用锅底灰烬，经水过滤，这水的碱性很大，也可用来洗衣服。

虽然如此,货郎担的生意还是很好的。货郎来了,小鼓一摇,许多妇女和儿童就围了上来,买他们所需要的东西。货郎走村串户,古已有之。南宋李嵩就画过货郎,受农村欢迎,画了货郎一来的那种热闹的场面。走村串户的还有磨刀人,肩上扛一条长凳,长凳上一头是磨刀石,另一头小木箱中装着磨刀工具,走村串户吆喝着"磨剪子来戗菜刀"。不快的剪子菜刀经他戗磨就会锋利起来,工费可以给铜板也可以给粮食。

土箩裤子,从婴儿刚出生到挪步这段年龄的都要穿,不管是男孩女孩,都免不了,生活在这片土地上的人,可以说在婴儿时期没有人不穿。所谓土箩裤就是今天的尿布,我们那里也叫尿不湿。这种土箩裤子的裤腿有两根条子,用来扎在孩子的腿上;还有腰带给孩子穿上结扎在腰里,除了一根布条腰带,还有两根背带,可以挂在孩子的背上。布裤里装上一些沙土,给孩子穿上,撒尿都被沙土吸收了。下地劳动即把穿了土箩裤的孩子放在筐里,白天换一次,晚上换一次,把用过的沙土倒掉,换上新的沙土。所谓沙土并没有沙,只是一种细黄土,做土箩裤一般都是白土布。我们姐弟小时候都穿过土箩裤。在我们那里插队的知识青年插队时看到村民还在为孩子穿土箩裤子,在《皖北记忆——上海知青的皖北乡村岁月》书中的一篇文章对此事的记载非常详细。作者初到皖北即看到村民在自家屋门口把很细的沙土摊晒开来,尤其是当太阳正旺的时候,都会用小树枝在摊开的沙土上翻来划去的，还多次反复，一看也便知道想让沙土晒得干一点、透一点，但还搞不清楚是派什么用场的。太阳偏西了，村里的妇女就会把摊晒开来的沙土聚扫成堆，然后或铲入麻袋，或装入瓦缸，或用一大块布兜起来放到麻席上。作者还抱过穿着沙土裤的婴儿，这么托着屁股一抱，就像托着一个软沙堆，小毛头好像裹在沙堆里，重心还不移动，感觉非常稳当。穿土篓裤不知何人想出来的办法，更不知从何时开始，从我的婴儿时代到知识青年下乡插队中间经过四十多年，这种习俗都没改变，习俗的形成是由经济条件决定的，现在故乡很少再有人给婴儿穿土篓裤子的事了。

我们家乡的人很少有宗教信仰，在中国盛传佛教，但我们村子很少有信佛的人，更没有谁家吃斋、设佛堂，但相信灵魂的存在。常见的谁家孩子精神不振，一般都会认为孩子掉魂，治疗时不是求医，而是在扫帚上搭着病孩的衣服，在村子路边转悠，叫喊着孩子名字，叫孩子回家，实际是叫孩子的魂回家。还有孩子在夜里啼哭，一般都请程树心的父亲写上：天黄地绿，小儿夜哭，君子念念，睡到日出。然后把写有这样字句的纸条贴在村头路口的树上。为什么要请程树心的父亲写呢？村子里的人都认为他有法术，每年的春节夜晚半夜子时，程树心的父亲都会到野外十字路口收法。他会向村人说收法的情景：有一年的春节晚上，他去收法，只听到一只大鸟从远处飞到了他收法的十字路口，扑棱棱地落了下来，他一看是一只无头鸟，于是他施了法术，那鸟又长出头来，又扑棱棱地飞走了，是真是假，无人去追究。但村子里的人都相信他有法术，经过那十字路口也都感到有些发怵，不会在那十字路口停下来，更不会到那十字路口的树下去乘凉。

村人不信佛，如果儒学是一种宗教的话，读书识字的人又不多，直接受儒教影响也不是太大。我家有两位保家仙，会附在母亲身上说话，一位是王师仙，一位是金师仙，似乎是两姐妹，一文一武，有时要请她们才来，有时不请自来。师仙来的时候，母亲自己会坐在那里不停地打呵欠，我们知道王师仙要附在她身上说话了；有时打着呵欠，两眼睁得很大，我们知道是金师仙要附在她身上说话了。我们都会静静地围着母亲，听她身上的师仙说话，大概十分钟后，师仙走了，母亲两臂向上，伸一个懒腰，双手揉目，就一切如常了。只是母亲感到很累，需要静静地睡一会儿。母亲的仙不是农村的道婆子。我们村也有道婆子，她们身上的仙要下凡时声势很大，手舞足蹈，要给仙烧香，那仙还能看病，经仙看病多是孩子，家长要披红上供，披红就是送上一块红布披在神龛上，上供就是镇上买的封膏、羊角蜜、寸金、麻片之类的糕点，摆在神龛前，母亲身上的仙既不给人看病，家中也不设神龛神位，也不给他们烧香，只是给我们保家，所以称之为保家仙。母亲身上的仙也不是巫，小时在别的村子我也看到过巫,他们有法术、法衣、法器,施行巫术时,敲起法器,载歌载舞,驱赶鬼怪,求得平安。巫还可通天,预测未来。母亲身上的仙只限我们家庭中使用,仙要来了,每次开头两句唱着:五色云彩两边排,飘飘荡荡下凡来。然后就是叙述家常,我和姐姐都还小,不以为然,母亲好像也不大相信,只有奶奶和父亲相信。师仙来了,奶奶和父亲都很虔诚。有一次,不知父亲怎么慢待了师仙,金师仙来了,母亲双目圆睁,要和父亲比气力,要用抬粪的大筐和父亲抬土,她抬小头,父亲抬大头,即泥土的重量都在母亲那一头,就这样抬了十多筐,父亲认输了,金师仙才回宫。这是我唯一的一次看到母亲身上仙的法力。

别人家的仙都自称是哪路神仙,母亲身上的仙自称是黄鼠狼成精,她们的师父是胡大师仙,胡大师仙是附在二姨身上的仙,他也不是什么神,自称是狐狸精,因为救过康熙皇帝的命,皇帝给他黄袍加身。父亲特别相信。距我们十五里路有个蒿沟集,集上有个木匠韩师傅,韩师傅说他知道胡大师仙,还引经据典地讲了康熙皇帝赏赐胡大师仙黄袍马褂的事。父亲信以为真,用几百斤小麦请韩师傅雕木头像,胡大师仙的形象是一位男性老者,头戴雉翎帽,身穿黄袍黑马褂,袍袖是马蹄形,父亲把胡大师仙请回家。后来,父亲把像连同神龛都送二姨了。

二姨去世后,胡大师仙又附在我母亲身上,以后王师仙和金师仙就不下凡了,下凡总是胡大师仙。我的姨兄说胡大师仙像是他们家的,就把像抱回去,后来的事我就不知道了。我只听说姨兄把像抱回去后,经常头疼,有时痛不欲生,胡大师仙就附在我母亲身上说:姨兄把像抱回去后,把像放屋梁上,使他上不沾天,下不着地,是他施用法力让我姨兄头疼的。姨兄没有办法,只好把胡大师仙的像又送回来。现在这个像在什么地方,我就不知道了。我们住在陆家浜时,母亲来上海照顾海歌、海瑶,有一次他们兄妹俩调皮打架,母亲劝不好,胡大师仙来了,他们兄妹小时候在农村跟着奶奶过了几年,对胡大师仙有些印象。身上附有胡大师仙的母亲,坐在床沿上,把一条腿翘在饭桌上,说:你们俩一齐用劲,看看能不能搬动我的腿。两人用力,就是搬不动,心中多少有些害怕,也就不敢再打架了。2021年春天,女儿海瑶从英国发来微信,微信上有一张狐狸在她家花园中晒太阳的照片,说明词:胡大师仙来了。她后来说邻人家养了一只母狐狸,生了一窝小狐狸。那只母狐狸经常钻过篱笆,到她家的花园晒太阳。母亲晚年,我们把她接来上海生活了多年,胡大师仙没有来过,王师仙、金师仙更没来过。我想可能是年迈气衰,这种特异现象消失了。

母亲生下弟弟之后,大病一场,那时正是夏天,阴雨下个不停,农田里都是水,有的路都被水淹没。母亲不能外出就医,父亲就冒雨去了大店,把大舅请来。大舅冒雨前来为母亲医治，诊断后开了药方，父亲又随大舅去了大店，到大生堂中药店去抓药。大生堂是大店集最大的药店，堂主姓徐，大舅也有药铺子，但药不齐全。大舅开了中药方子，要到大生堂去抓药，煎药是奶奶操持，连阴天，没有干的柴木，奶奶就把家中的旧席子、木条编的篮子、筐子都拆了，为母亲煎药。中药无效，母亲还是昏迷，姐姐和我守在床边，眼泪都哭干了。听到父亲和奶奶商量，为母亲准备后事，把门前的桑树及屋后的枣树砍掉为母亲做棺木，我们姐弟听了，感到天都要塌下来了。母亲昏迷了一天，半夜时醒了，用微弱的声音对我们说："我到你外姥家去了，走到土地庙，觉得口渴，用碗舀沟里的水喝，有两个蚂蟥在碗里爬，我吓得把碗扔到沟里又回来了。"母亲病好以后对我说："那水是迷魂汤，要是喝了，就到阎王爷那儿去了，你们就没娘了。"娘这样一说，我们又哭了起来。

大　领

大领就是长工。我们那里都把长工称为"大领",为什么这么叫,没有人解释过。我想"大领"比"长工"在家庭中占有更重要的地位。"长工"有长工也有短工。长工都是一年或数年,短工多是农忙季节时,多则数月少则一月。双方议定干多长时间给多少工钱,彼此都很讲诚信,虽然没有合同,但都遵守议定的内容执行。无论长工或短工都住在主人家里,除了工钱,主人还给他们准备工作服,几条羊肚毛巾,遮阳或挡雨的草帽,冬天的保暖衣服,和现在农民工的待遇差不多。我们那里用的长工或短工都是外地人,用工人家也不一定都是地主,地多人少的人家都要请短工或长工。我们家先后请过三个大领,都是长工,而且都是本村的人。我父亲有个想法,邻里之间,除了干活,平时还可相互照应,所以他不请外地来的人帮工。

我们家第一位大领叫郑明圣,比我父亲晚一辈,他总是叫我父亲为叔父,父亲也总是叫他明圣,是我父亲少年时代的朋友。他很早就外出谋生,多年在南方,回来时讲话多少带有南方的口音,村里的人都喊他二簧蛮子,意思是还不是真正的蛮子。他回来的时候,除了宅基上的几间老室,家里什么人都没有了。在我的印象中他很爱干净,平时即使是白色粗布衣服,还是隔一天就要洗晒,不留汗渍。石槽、牛圈也都打扫得很干净,淘洗牛草的淘水缸没有酸臭味,用的锄头锄好地之后也用鞋底擦得锃亮。秋冬他就把锄头擦了油,整齐地挂起来。即使是积肥这样的脏活,给我的感觉也是干得有条有理、干干净净。夏天的夜晚他到大汪水边擦身洗澡;冬天来了,他就把一只大水缸搬到他住的屋里,生上木柴火,烧上一锅水,泡在缸里洗澡。他也会给我洗。父亲也洗,但他们不在一起洗。吃饭的时候,他不和我们一家坐在饭桌前共餐,而是端上饭碗和一碟小菜,坐在门口的碓窝子上,菜碟放在膝盖上,只有雨天才会和我们一家人坐在饭桌前,但那一碟小菜仍然放在自己的面前。父亲常说勤快的人眼里都是活。明圣哥就是这样,从来没听到我父亲为干活的事情支使他。父亲背后也对母亲说,明圣干的活比他想象中的还要好。对农活来说能干到让父亲满意的并不多。明圣哥在我们家干了两年,后来从人贩子那里买了外乡妇女做了他的妻子,就离开我们家。夫妻俩日子过得还可以,喂了一头小毛驴,和别人合犋,种自家的几亩地,就不用我家的牲口耕种了。

明圣哥以后的事情就不知道了，只听说他们夫妇生了一个女儿。得子，已是中年之后的事了。1960年严重困难，他们遭了殃。之后，那个家里没有人了，家庭也就这样消失了。

第二位大领姓徐，是邻村徐家的人，年龄比我父亲要大，父亲称他为表兄，我们都喊他为表大爷，不知是我们家什么亲戚。我们那边彼此称表兄表弟的人很多，但不知是哪一代的亲戚，也许根本就不是什么亲戚。我们家老亲戚很多，不知是哪里的亲戚，也不知道是什么亲戚，但亲戚关系的根却扎得很深，而且是盘根错节。这些老亲戚，只有我的五妹知道，和他们还有走动。五妹有时来上海小住，讲的都是老亲戚家的事。

这位表大爷和明圣哥不好相比，不但个子瘦小，而且干什么活都很慢，但是他很有耐心，把他应该做的事，如锄地、喂牛、挑水、铡草，都慢条斯理地做着，给我印象特别深刻的就是冬天铡麦穰。麦子在场上脱粒之后，还特别要用石磙压上几遍，使麦秸变软，然后垛起来作为冬天喂牛的饲料。冬天在风雪到来之前，把麦穰从垛上撒下来铡碎，放进草屋里，撒麦穰是件粗活，不要花多少时间就可做完，可是那位表大爷却要撒上半天，似乎是一根一根数着往下撒。本来上午要铡草的，他却是整个上午都在撒麦穰，下午才能铡草。父亲忙于其他农活，没有时间做这些杂活，由着表大爷的性子慢慢做。真正到收麦或砍高粱的季节，表大爷还是扛不下来，由他的儿子顶替他。他的儿子名如意，我们都喊他如意哥。那时他才二十多岁，虽然年轻力壮，由于家中的地少，对许多农活都还没有经验。过了大忙季节，表大爷才回来干活，表大爷在我们家过了一年半就回家了。

我们家第三位大领名郑德江，他是明昆哥的儿子，比我晚一辈，所以叫我父亲为老，他应该叫我为叔，可能是我那时还小，他没有把我放在眼里，从来不叫我叔。他的年龄比我父亲要小，不像郑明圣那样细腻，而是性格豪放、膀大腰圆，是典型的北方汉子。先说他对菜园的管理，这事在我的印象中最为深刻，我家菜园本来是我奶奶在管，种菜、浇菜、收菜，把菜送上饭桌，在我家都是奶奶的事。德江来了之后，他就不让奶奶再管菜园的事，如何种菜，种什么菜，什么菜可以摘下吃，都是他说了算。黄瓜是我们饭桌上的一道菜，每年都要种，奶奶种的时候，我们可以随便到菜园里摘下吃，但德江管了菜园就不准我们到菜园去了。他种的黄瓜一条一条地挂在架子上，长得很长，他要不让采摘回来，我们都不敢到菜园里去摘。连我母亲都不大到菜园去，做饭的时候都要问一声，德江，今天吃什么菜。德江来了之后，我们觉得半个家都是他在管着。夏天的田间管理主要是耕地和锄地，我们家轮休地很多，夏天不能让地里长杂草，要把休闲地深耕成晒砭，所以整个夏天，父亲都是赶着牲口扶着犁把在耕地，根本没有时间锄地，母亲和奶奶锄不完，所以每年都请人帮助突击一两天完成。我们家乡把锄地说成耪地，要耪的庄稼地很多，高粱地要耪几遍，其他如黄豆地、芝麻地、绿豆地、山芋地都要耪。地经耪过之后才能松土除草。德江到我们家之后除了干些杂活，主要的活就是耪地。他耪地既快又好，他一个人比我母亲奶奶两个人干得还多。自德江来了之后，他就不让我家临时请人帮助耪地了。他认为他是我们的大领，大领就是干活的，如果再临时请人帮忙锄地，那就是丢了他的脸。有些地一时耪不完，他就加班加点地耪，有时很晚他才从田里回来，有时很早就下田，干了一阵子活才回家吃饭。这是他和一般人家的大领的不同之处。他是把我们家的事情当成自家的事，有些农活上的事情，父亲总是要和他商量，两人的意见一拍即合，然后分头去干。

德江冬天搓绳给我留下很深的印象。我们家的牲口长套短绠，夏天睡的软床、网衣等都是自家搓绳编结而成。特别是长绠，先要把长长的绳子上了劲，然后把几股绳子拧在一起，就像登山队或高空作业者系在腰中的安全绳。过去都是我父亲自己搓绳。德江来了之后就承担了搓绳的杂活。他动了很多脑筋，特别是把几支细绳拧成粗粗的长绠，想出了许多办法。那长绠拧得匀称，连我父亲这样的种田能手对德江干的活也都很佩服。

绳子由苎麻的纤维搓成，从种苎麻到把苎麻的纤维变成绳子，是一个复杂的过程。种苎麻和种一般庄稼没有什么不同，春天种，夏天收割，要把收割后的苎麻去掉叶子，扎成一捆捆，放在汪里沤，上覆盖汪泥，要经常抽出一根观看，看沤得是否能剥下皮，到了能剥皮的时候才把它从汪中捞出来。我们全家动手为苎麻剥皮，苎麻皮的表面有一层绿色薄膜，经水一沤就很容易脱落下来。这时是伏天，天气炎热，沤过的苎麻臭气难闻，只有经过水洗，那层绿色的薄膜方能完全去掉，使苎麻变白变软，才能用来搓绳。

漂白清洗苎麻的时候，德江只穿短裤，站在水中甩着一缕缕苎麻，带着水花如同白练在空中舞动，他那紫铜色的背腰、双肩在阳光的照耀下闪亮。德江那种汉子的形象留在我的脑中，至今我虽然年迈体衰，仍然无法忘记，他的那股劲能给我提神。

前文已经说到我家和老西大爷、明训哥合伙为盐贩子运盐的事，后来不运盐了，就换棉籽榨棉油。冬季的时候，老西大爷和德江就推着独轮车走村串户换棉籽。独轮车是车子上有几块木板做的木架子，略高一些，木架的左右各有用木板做成的档子，可以坐人也可放东西。这种独轮车我们称之为"红车子"。另外还有人推着的独轮车也可以运东西，没有红车子的木架和平板，运的东西也较少，这种独轮车又叫独孤牛子。红车子上放着两只长方形荆条的大筐，是盛棉籽用的，那大筐是我父亲编的。每次出去都是德江推着红车子，空车时老西大爷就跟在后面。换棉籽之后，老西大爷就在前

郑重、武仲英夫妇青年时代

海歌、海瑶兄妹少时,约 1967 年

母亲和郑重、武仲英及海歌海瑶兄妹,约1967年

故乡老屋，1992年夏

面拉着，老西大爷是风趣而又诙谐的老人，会吆喝。开始换棉籽时用的是我们家小磨麻油，有了棉籽之后才用棉油换棉籽。棉油不能食用，大车、小车、独轮车、轧棉机都要用它当润滑油，还有就是用来点灯，是每家都少不了的。换来的棉籽就堆在我家的堂屋里，用芦苇编成的折子圈起来。冬天的棉籽很温暖，我和姐姐弟弟晚上都欢喜睡在上面。

换来的棉籽多了，就送到大店集的油坊里去榨油。榨油时父亲也会带着我去，还有老西大爷。德江不去，他要做家中的杂活。到了油坊先要把棉籽放在碾子上碾碎了，那碾子比我们农家用的碾子大，石轮的直径比我的身子还高，用一匹马拉着。碾碎的棉籽放在锅子里蒸，趁热做成棉籽饼，然后又趁热放进榨里。这时油把式才出来，用一根横木，那横木用绳索吊着，然后油把式用横木去撞榨，就像老和尚撞钟一样，随着撞击声，榨槽里的油就会哗哗地流了出来。这样撞上几下，加上木塞再撞。这时父亲就会把事先准备好的红包塞进油把式的裙袋里。油把式只围着满是油渣的围裙，光着膀子赤着脚，如果不送红包，加塞少了，少撞一次就会少出一些油。在油坊里，父亲和老西大爷也只能打下手，一切的活都有油坊的人干。榨出的油运回家又由老西大爷和德江推着红车子去换棉籽，榨了油后的棉饼我家和老西大爷两家用来当牲口的饲料，或用来做栽烟种菜的肥料。这样周而复始地过了两个冬天，后来就没有再换棉油。

德江在我们家过的时间不短。1950年我小学毕业离家读中学时,他还在我家。再见到他的时候已经是1994年,父亲病重,我回家看望父亲时,他仍然留着光头,穿一件军大衣,腰里系着一根带子,头发已经花白,完全是一位老人了。

我奔到家时,正是春节,看到父亲面黄如纸,一点气力都没有了,只是神情很平静,对我说这次病怕是躲不过去了。这年雪下得很大,深及膝盖,没有办法把父亲送进城里就医。我又进城到地区医院请内科主任谢方玉到乡下为父亲诊断。谢方玉是我中学的同学,经他诊断,父亲的内脏都已衰竭,即使送到医院也没有办法了。方玉要我为父亲准备后事,这时德江天天都要来探望。正月初六的晚上,我们兄妹都守在父亲病床前,德江和几位邻人也都守在那里。晚饭之后有经验的邻人说,看来老人家过不了今晚,给他穿送老的衣服吧。几位邻人和德江一起,给父亲穿戴上早已准备好的衣帽和鞋,把他的病床移到堂屋的中央。这天晚上父亲就辞世了,家里一片忙乱,弟弟已在前几年去世,侄子们又小,我离家几十年,已经不知道乡村的习俗了,这样对外迎来送往的事由老西大爷的孙子明训哥的儿子德香和另一位近邻德心在管,厨师是我小学的同学丁岐,内里的酒席菜肉及餐具由德江全权管起来。大雪天,德江披着棉衣守在办酒席的棚子里。

一天晚上,我和德江守灵时,他对我说——我跟着善玉老干活的时间很长。1946年国民党还乡团来的前两个月,乡长王殿刚住在西堂屋，我住在西屋。乡长王殿刚就发展我加入了中国共产党。还乡团要来了，王殿刚要随着大部队北撤，他动员我和他一起北撤。那时我就想自己一个字不识，跟他北撤就是到了部队里又有什么用呢，我就没走。还乡团来了，保长黄凤宇说，你们家经常住着共产党，说善玉老通共产党，把善玉老抓走了。善玉老被抓走的时候，对我说："德江，一切都交给你了。"我说："你没事，你会回来的。"那时我以为如果事情真的闹大了，我会挺身出来。很快就知道是保长黄凤宇敲竹杠。花了一些钱，善玉老就回来了。我对善玉老说，家中遇到了困难，这一年的工钱我不要了。善玉老说一斤小麦也不能少你的。我那时工钱是用小麦计算的。淮海战役时，我还跟着善玉老干活，以土地计算，你家中摊了一个民夫，我把屋后的小椿树锯了做了一副担架，准备到淮海战役前线抬担架运伤员。民夫出发的前一天，善玉老对我说："德江，枪子没有眼，你到前线战场，万一出了事，我怎么向你父母交代。"我们爷俩争执了一晚上，说舍不得我去，善玉老扛着担架跟着民夫上了前线。过了半个多月，善玉老和其他民夫就都回来了。善玉老说，他们是担架预备队，在宿县训练了几天，淮海战役结束了，就让他们回来了，没有上战场，也没有见到伤员。

德江是老共产党员，到了晚年，政府发给他一点补贴。他说，我已经心满意足，咱一辈子对党没有什么贡献。

德江还给我讲了一件事——换棉油的那年，老西大爷当着他和我父亲的面讲了一件事。一位长工每天到土地庙磕头祈祷，地主好奇，躲在土地爷背后看个究竟。长工磕了头说：光黑别明，光阴别晴，大小生个病，可别送了命。躲在神像背后的地主说得病就死。德江对这个故事没有别的评论，只说了一句，我看是瞎编的。我理解这是老西大爷的智慧，是在向我父亲和德江发出警示，不要学地主和长工。

我们村里雇长工的倒有几家，雇主都是中农，雇主和长工之间的关系有的好，有的不好，但都能和平共处，善始善终。我没有见过地主如何对付长工，更没见过恶霸地主对长工苛刻的。后来读了高玉宝的《半夜鸡叫》，认为那是虚构的小说，即使是真的，彼此的心态也只不过是和土地庙前的地主和长工一样罢了。

我岳父家是地主，老伴武仲英不止一次对我说她小时候家中的情况，她家还是读书人家，她的祖父是不识字的农民，一门心思要让儿子读书。她伯父读燕京大学新闻系，没有毕业就因病去世了。她父亲是山东齐鲁大学经济系毕业，她三叔在中央大学外文系读书，毕业后学校包送去美国留学，因新婚的三婶不愿意丈夫赴美留学，只好作罢。仲英生下不久抗日战争爆发，她父亲带着他们和她大娘一家流亡到了天水，父亲任小学校长，三叔任中学校长。因为奶奶想她，父亲只好带着他们和大娘一家回来。

武家老大、老二、老三这一辈人的子女不少，他们曾经用《红楼梦》的方法，男孩女孩都按年龄排队。武仲英说——男子怎么排的，我已经不记得，只记得在女孩子中，我是老五。所以那时我母亲请裁缝给我们做衣服，每次都要二十多件才够分配的。我母亲很会花钱，她去夹沟镇赶集，回来时看看钱还没花完，又回去把钱花完才回家。俺娘赶集回来，我们会排着队去迎接。她会买许多好吃的东西。我从小就倔，明明是给我做的衣服，我不要穿，非得要另一件；明明是专门给我吃的东西，我偏不要吃，要吃别人的，为此挨了不少打。现在仍然很倔，改不了。现在我的妹妹仲连又像你们家的五妹明兰一样，都是农村的女强人。

土改时三家都是地主，武仲英家也有一位长工住在她家西屋。她家为这位长工办了婚事，婚后，就住她家的西厢房，那位长工的妻子就为她家做饭。这位长工姓孙，武仲英总是喊他为老孙叔。土改时，老孙叔是农会主席。要斗地主了，老孙叔就来给她母亲打招呼："要挺住，几天就过去了。"斗地主时，她的大娘不说话，只是哭；三婶被斗得去了徐州，当时三叔已是徐州第三中学校长。武仲英常说，她母亲是双料地主，娘家是地主，婆家也是地主。直到"文化大革命"，母亲仍是挨斗，挨斗之前，老孙叔就来打招呼，咬紧牙关挺住，不要胡编乱说。如农村造反派诱她说仇恨共产党的话，她就说我不仇恨共产党，要不是共产党领导，我家的几个孩子不可能都是大学毕业。我和武仲英结婚后,去她家龟山头,还见过老孙叔。他叫着武仲英的小名说:"她就是我抱大的。"后来,武仲英姐弟和老孙叔的子女都有往来,武仲英现在仍然念叨着老孙叔在她小时候抱她的往事。

一汪荷花

前文已提到大歪哥是二大爷的儿子，没有大名，小名叫大歪，他的弟弟叫小歪，比我年长，我叫他为小歪哥。大汪即是大池塘。我们那边把池塘称之为汪，因为池塘很大，所以人们都习惯称为大汪。大歪哥的许多故事都和大汪有关，所以这一节就把大歪哥和大汪放在一起讲。

我们那边许多村庄前面都有一个汪，有大有小，有深有浅，可能是祖先在此挖土垫宅基才形成的。可是我们村前的汪不但面积大而且很深，一年四季都有水，即是遇到大旱之年，也没有干过，总是一汪清水。

汪是和各家的宅基地连在一起的，每家的宅前都有汪，宅后有地，称做宅基地。宅基地一般都用来种棉花或其他经济作物，很少有人家种其他庄稼。汪沿也是这样，各家都种自己欢喜的树，栽柳树的最多，也有种其他果树的。其实柳树很难成材，即使成材，受虫蛀易枯萎，木头也没有什么用，只能当柴烧。有的用来做棺材,叫做"柳头",是略好于芦席的最差的棺木了。给老人用"柳头"入葬,肯定要被村人骂的。村人欢喜在汪沿种柳树可能是为了好看。夏天柳枝下垂轻拂水面,中午歇凉搬一张软床躺在柳荫下,听着鸟叫蝉鸣,农民也会感觉到是生活的享受。春天柳絮如雪,伴着花瓣或随风在半空中飘荡,或落在大汪的水面随水流走;冬天柳树木叶尽脱,枯枝衬着蓝天,也是别有一番风景。农民看到这样的风景,心中也会有许多感慨,只不过没有留下文字。也有农村妇女在汪里洗衣服,把柳絮和花瓣带回家抖落在院子里。特别是那一汪的荷花,一到夏天荷叶如盖,覆盖着水面,荷花红白相间,全村都能闻到那股清香。这时大歪哥就会拿着叉鱼的钢叉出没在荷塘里,顺手挖出几茎鲜嫩的藕芽扔给我们,我们叫做黄鳝头,嫩甜可口。然后大歪哥在汪中巡视,寻找晒鳞的鱼,只要发现有晒鳞的鱼,他就投掷钢叉,可以说百发百中。钢叉有五个齿,齿端有回纹钩,鱼只要被叉中了,就别想脱叉而逃。钢叉绑在长长的竹竿上,竹竿的另一端系着一根长长的绳子,便于把投掷出去的鱼叉再收回来。

晒鳞的鱼有黑鱼、鲫鱼、青鱼,我们称青鱼为麻里棍子,晒鳞也就是在荷叶空隙有太阳的地方,鱼浮出水,在那里游来游去,黑鱼晒鳞是躺在水里不动的。大歪哥对黑鱼区别对待,他只叉公鱼不叉母鱼,他知道母鱼守着未孵化的鱼卵或一群小鱼苗,如果把鱼妈妈叉了,那鱼卵或小鱼苗就会

荷塘捕鱼

被别的鱼吃掉。大歪哥最恨公黑鱼。他对我说,公黑鱼会吃掉鱼卵,也会吃掉小鱼苗。只要发现黑公鱼,大歪哥必叉无疑。我常常为他背着鱼篓跟在后面,别人都说我是大歪哥的尾巴。大歪哥还为我做了钓黄鳝的钓钩,教我如何在垃圾堆中或石板下挖蚯蚓,如何把蚯蚓套在钓钩上。我学着他的做法,但很少能钩到黄鳝,有时黄鳝把蚯蚓吃了,还是没有把它钩出来。大歪哥对我说,不能性子急,等黄鳝把钓钩咬紧了再往外拉。黄鳝是不是把钩子咬紧,大歪哥说功夫在手上,也就是手感。手拿钓钩有着许多学问,有一次我钓出来的不是黄鳝,而是一条蛇,它没有上钩并且从洞里蹿出来。大歪哥对我说,你把它惹急了,蛇是不上钩的,不要怕,水蛇不咬人。大歪哥教我如何识别黄鳝洞和蛇洞。我们那边除了水蛇还有红花斑蛇,是在房子里的,当地人称之为屋龙,"屋龙现一现,家底去一半",是不吉利的。夏初的夜晚,大歪哥会带着我们去摸蝉蛹,蝉蛹都是夜晚出来,欢喜爬在柳树、楸树或枣树上。没有灯,但是只要到这几种树上去摸,准能摸到。把摸到的蝉蛹都交给大歪哥,他卖给好饮酒的人,蝉蛹是下酒的好菜。还有蝉蛹蜕变为蝉时脱下的壳,是很好的中药材,我们捡到蝉壳也交给大歪哥,积攒得多了可以拿到大店集大生堂中药店去换钱。大歪哥还会把面粉做成很黏的面筋,他帮助我们把面筋夹在高粱秸上,用来粘知了。知了就是蝉,我们那里叫瘪儿猴或麻瘪子。

蝉的生命很短，从钻出地面羽化成蝉爬到树上，只有一个多月的时间就结束了。但它生活在泥土中蛹的生命并不短，有七年蛹、十二年蛹、十七年蛹。雌蝉是不会鸣叫的。雄蝉的腹部有个发声器管，器管振动就会发出声音，声动四野，直冲云霄。据科学家的研究，雄蝉的鸣叫是在求偶。中国对蝉的认识较多，许多地方的考古都发现了玉蝉，以二里头考古发现的玉蝉最早，说明古人以玉蝉殉葬，有的还在口里衔着玉蝉。考古学家认为古人以玉蝉殉葬是祈求死而复生。唐代诗人虞世南、骆宾王及李商隐都写过咏蝉的诗，以寄托自己的政治遭遇及感怀。到了晚年，夏天的清晨或晚饭后，我就和老伴武仲英到附近的科技公园散步，那阵阵的蝉声把我们带回到少年时代。到了白露季节，那蝉声就会突然消失。我们知道秋天来了。

还有抓蟋蟀、养蟋蟀、斗蟋蟀，从大歪哥那里我知道辣椒地里的蟋蟀最善斗，捉蟋蟀时不能硬挖，这样会使蟋蟀受伤，找到蟋蟀要用水灌，蟋蟀出来不能用手去捂，要用罩子罩。他还用竹篾给我编了捉蟋蟀的罩子，没有蟋蟀缸，他就用泥把家里的破煨罐子补好，用来养蟋蟀。煨罐是用黑黏土烧制的，瓦罐高二十公分。我小时候没见过搪瓷盆，冬天都用煨罐子洗脸，先在煨罐里倒上半罐水，然后在烧饭锅下用余火把水煨热，用一块粗布放进煨罐里，洗脸时把粗布拎出来拧上几把，在脸上擦一擦，一家人洗脸就是那一煨罐水。

用破了的煨罐养蟋蟀就是很好的蟋蟀罐子。程仁忠也养蟋蟀，他把蟋蟀放进他爷爷的尿罐里，结果蟋蟀都被熏死了。尿罐用来小便，特别是冬天夜晚很冷，不能外出就要用尿罐。煨罐和尿罐是每个家庭都必备的，但煨罐只要有一只就够了，尿罐就需要有几只。我小时还会养鸟，爬到树上把斑鸠的雏鸟掏出来，放在笼子里养。开始没有笼子，大歪哥就用高粱挺子为我做了个鸟笼。斑鸠吃素不吃荤，把斑鸠的雏鸟的嘴掰开，喂以小米，斑鸠长大了可以喂以小麦和高粱，喂的时候把粮食放在嘴里，和斑鸠嘴对嘴地喂。那时斑鸠已经喂得很大了，鸟笼散开了，一对斑鸠飞跑了，我哭了起来。父亲在赶大店集时给我买了鸟笼，我又养了一对麻雀。我用父亲的农具当梯子，爬上去在屋山墙麻雀窝掏了一对雏雀，麻雀荤素都吃，可以用谷子喂，但小雏雀要吃荤，如树上的皮虫或蝗虫。田野路边有一种不长翅膀的蝗虫，个子很小，很肥又不会飞，我们那边都叫这种小蝗虫为地蹦子，是喂麻雀最好的食物。那对小麻雀被我养得很熟了，放飞出去又会飞回来，我下湖割草就带着它们，有时它们飞到我的头上，有时会落在我的肩头上，放飞的次数多了，它们的性子也就变野了，有一次放飞出去就再没有飞回来，一去不复返了。大歪哥帮助我养了好几种鸟，如黄鹂、云雀、和尚头等，都是当地的土鸟。名贵鸟儿如画眉、鹦鹉、八哥都没有养过，都要花钱才能买到。

大歪哥还有一杆火枪，长长的枪筒，有扳机，可以点火，我们那里叫线枪。大歪哥用火枪打兔子，也可以打鸟，不过大歪哥总是用火枪打兔子。每到冬天大歪哥扛着火枪，腰里挎着药葫芦，到田野去打兔子。发现兔子，他围着兔子一圈一圈地转，转到距离兔子最近的时候才开枪。下雪天打兔子更容易，大雪把兔子的眼睛都照花了，人和它的距离很近了它也不会跑掉。大歪哥打兔子的时候就不让我跟去。还有捉黄鼠狼，大歪哥做了一只木箱，木箱里放着黄鼠狼喜欢吃的活鸡，放在小笼子里，再放进木箱里，装有脚踏板式的机关，只要黄鼠狼进了木箱上的脚踏板，木箱的门就会关上，黄鼠狼无法再跑出来。然后用口袋套着木箱口，等黄鼠狼钻进口袋里，把它摔死。大歪哥就把黄鼠狼的皮剥下拿到大店集去卖，黄鼠狼尾巴上的毛可以用来做毛笔，特别值钱。据说黄鼠狼的肉是酸的，有骚味，不好吃，不知大歪哥是否把黄鼠狼的肉吃了还是派了别的用场。

我把大歪哥当做英雄崇拜，是因为他给老汤姐出气。二大爷有三个孩子，除了大歪哥、小歪哥，还有老汤姐。在三人中老汤姐最大，后嫁给汤家，我们都叫她老汤姐。他们结婚多年没有小孩，就受公婆的气。如果女孩出嫁后到了婆家受气，娘家就会组织本姓的人去给她出气。给老汤姐出气的时候用我家的大车和牛，配上大歪哥家养的一头牛，有六七位妇女坐着大车，由大歪哥赶车到了汤家。为老汤姐出气的人把汤家的灶扒了、锅砸了，还抹了老汤姐公公一脸的大便，和他说理。老汤姐的公公叫汤二格，在当地是有头有脸的人物，据说汤二格连手都没还。给老汤姐出了气，大歪哥趾高气扬，像英雄一样赶着大车回来了。这一次我母亲也去了，直到晚年还经常以此当做辉煌的战绩讲给我的儿女听。我对老汤姐的印象非常模糊，似乎就没有见过她。后来，老汤姐生了一个儿子，在汤家的地位改变了，受到公婆的尊重。有一年，我回家还见过老汤姐的儿子，并在一起吃过饭，他还经常到大郑家走动。按我们那里的风俗，外婆家是根本之地。做外甥的不管贫富及地位高低，都还要到外婆家去走动。

夏天的大汪就成为我们男孩子的天堂，大汪有一片明镜水面，不长水草，不长莲藕，也没有菱角，我们就在水里游泳。童年有朋友程仁忠、丁贤才、郑永清，还有只有小名没有大名的小祥、羊山，我们几个都是同年，还有比我们小的郑明连、郑明武。大家都是狗刨式的游泳姿势，并不好看，可是水面广阔，练出了我们的游泳耐力。家长怕我们淹死，不主张我们游泳，所以游了之后都躲在高粱地晒干才敢回家。一到夏天我们这群人就像一条条小泥鳅。冬天地上积了很深的雪，汪里结了很厚的冰，冰上留下挺立的残荷，我们这群小泥鳅可没有"留残荷听雨声"的雅兴，大家动手用镰刀割下残荷，清除枯草，汪上的水面就变成我们的溜冰场。那时不叫溜冰而是叫跑冻冻。我们有一种测量结冰厚薄的方法，用脚在冰上一跺,冰上发出一种清脆的声音,裂出很长的一条缝,说明冰已经结得很厚,可以到那个地方去滑。如果一脚跺下去,声音很碎,冰面上出现很多辐射状的裂缝,就说明这里的冰结得不厚。我们叫"龙叫别怕,狗咬别跑"。我们穿着用芦花编的毛窝,在冰面跑上一跑,然后两腿一挺可以滑得很远,有的人也会陷在冰窟里,几个人会立刻把他拉起来,没有什么危险,即使毛窝壳里进水结了冰,还是照样滑下去。

冬天,除了在汪里溜冰,就是在田野里踏雪。我少年时代的冬天,气温非常低,经常要下雪。下雪时天空中飘着的不是几粒雪花,而是鹅毛大雪,有时会连续下几天。下雪时,屋上、树上、柴草垛上都是雪,特别是坐北朝南的房屋后面,雪堆如山,有时到了清明才能融化。融雪时,阳光下雪水融化沿着屋檐流下来,晚上就结成冰,几天之后屋檐下就结成很长的冰柱,我们用木棍打去,破碎的冰柱就发出清脆的声音,给我们带来极大的乐趣。农谚"麦盖三床被,小孩搂着馒头睡",下雪有利于小麦生长。冬天的下雪并不像夏天下雨那样给乡村笼罩上一层忧愁,我感到无论是大人或是孩子,雪天都会给他们带来快乐,堆雪人、打雪仗,是大人和孩子都欢喜做的事。特别是打雪仗,把一团雪塞进别人的脖子里,就会爆发出胜利者的笑声。

少时在故乡我就养成了溜冰的习惯和爱好,初到复旦大学读书时,我和几位同学到桂林公园溜旱冰,滑轮冰鞋穿在脚上很不习惯,脱去滑轮冰鞋就无法滑了,只去了一次就不再去。到文汇报社工作后,冬天到北京出差,我到什刹海、先农坛公园、紫竹院公园滑过冰,不穿冰刀鞋,穿着皮棉鞋也能滑得很远,滑冰的人看了都感到新鲜而奇怪,这种滑冰的本领就是从门前大汪冰层上练出来的。游泳真是终生不忘,只要允许有条件就会下水游,不只在游泳池里,江河湖海都游过。与文汇报社相邻的就是黄浦游泳馆,夏天的中午,报社很多人去游泳,其他诸如新华游泳池、空四军大院里的游泳池,星期天,我和住在集体宿舍的邵根良、郑文钧、董龙清、周锦熙等,会跑到宝山海滨或淀山湖去游泳。

退休之后到南非看望女儿一家,还一起到大西洋冲浪,到了八十岁游泳池不再发给游泳证,我才结束了游泳生活,在电视里仍然欢喜看游泳节目。

不只是水给了我们许多欢乐,在大地的泥土中我们也有许多玩法,斗鸡是我们几条小泥鳅常搞的群体玩法,其他如斗草,如围棋式的下六通棋子、五车股都是两人对弈,在泥地画了几道线的图形,随时可玩,有时割草在树荫下论输赢,最有趣的是打关东,每人一块长方形平整光滑的石板,有许多规则,具体的玩法都忘却了,只还记得其中的几个口诀,如"君一郎二爬三夹四小五楚,再一驱头二虻牛三不点四不求五老溜",也是两人游戏,我们常会玩得一身泥土。

姐姐也有三四位闺蜜，她们有她们的玩法，如拾石子、丢沙袋、绣花，在月光下用凤仙花染红指甲，下湖割草时玩斗草。有一次姐姐下湖割草，和几位女孩在树荫下斗草，郑德财告诉我说，你姐姐偷懒，不好好割草，你敢去打她吗？在德财的怂恿下，我去打了姐姐两镰刀把。回家后父亲知道了，把我狠狠地训了一顿。

时光易逝岁月难留，乡下有时来人对我说，和我同年的几条"泥鳅"都去世了，只剩下我一个人。当年，文汇报社同一宿舍游泳的单身汉也都夫妻团聚，却是风流云散难得相见了。看来我也是岁无多日，滑冰的梦没有了，游泳的梦也没有了。

我的父亲虽然是种地的高手，可是他既不会挖藕也不会捕鱼，夏天一到，村子周围沟河及汪里的鱼多了，有时捕鱼的人群就会涌向水里，用罩子、畚箕、筐头去捉鱼，水中人多了，把水搅浑，鱼都会露出头来，有时我也会混在里面，看到鱼把头露出水面，就是捉不住。我父亲不下水，只是在岸上看热闹。入冬之后天气还不算冷，家家都在自家门前的汪中戽水捞鱼，捞出的鱼，有的腌成咸鱼，有的装在篓子里放在水中养着，到春节时再吃。只有德江在我们家时戽过两次鱼，其余都是大歪哥、小歪哥戽水捞鱼，分给我们一些，有时趁着戽鱼，也挖一些藕上岸。

大汪中的菱角、鸡头都是临时吃个新鲜，随捞随吃，鸡头即是芡实。真正能救命的还是藕。每年到青黄不接的时候，天气虽然寒冷，许多人家都下水挖藕，有的人家宅基小，宅基前的汪也小，很快就挖完了，他们就到我们家的汪里挖。大歪哥、小歪哥挖得最多，挖藕时上身还着棉衣，下身就泡在水里，只用两只脚就可以把藕挖上来。我不敢下水，在岸上看到大歪哥、小歪哥冻得脸色发青，嘴唇发紫，抖抖索索，一条一条又白又长的大藕挖上来。他们冻得发僵的脸上仍然带着微笑。挖出的藕除了分给我们一些，大部分他们留着，好的自己舍不得吃，洗干净了到大店集去卖，有时连洗也不洗带着汪泥就去卖了。不洗泥的藕可以放的时间长一些，有人要买，当然和洗去泥的藕价钱不一样。不好的留下自己吃。所谓不好的即藕的后面又细又长的部分，中间有一个藕结，可以把好的和不好的明显地分开。我们都把那不好的部分称之为老筋巴，肉少纤维比较多，不易煮烂。老筋巴连同藕须切碎捣烂可以做成饼子，用来充饥。我母亲也做过这样的藕饼，吃起来味道有些发涩，母亲说那是藕须，如果去掉藕须，味道就会好些。遇上饥荒之年，藕成了救命之物。

我家养了一些鸡，也养了几只鸭子，养鸡鸭都是奶奶的事。鸡好养，鸡群就在屋前屋后转，随时都在奶奶的眼皮之下，鸡长大了，也会自己回家，生蛋就进鸡窝。而鸭子欢喜水，鸭窝门一打开，它们就摇摇摆摆地奔到汪里去了，生蛋也是在汪里，晚上它们恋水不肯回家。有几只鸡、几只鸭，奶奶都是心中有数的，发现鸭子缺了一只，我就得到汪里去找。汪很大，又是满汪的荷花，找一只鸭子很不容易，但这正是黄昏时刻，满汪的荷叶、垂柳就显得特别美。我为了这个美好的黄昏，就喜欢去找鸭子，有时要到天黑才能找到。找得次数多了，我就知道鸭子在什么地方，到哪里就可以找到，即使找到我也不马上回家，抱着鸭子坐在荷花塘边，欣赏那黄昏的景色，看着渐渐消失的晚霞，天空渐渐地暗下来，少年的心中也会泛出一种莫名的惆怅。

大歪哥结婚了，妻子也是从人贩子那里买来的，嫂子知道自己是山西怀庆府的人，所以生了儿子叫怀生。大歪哥和小歪哥及二大爷没有分家，有两间堂屋和两间东屋，还喂了一头小牛和一头小毛驴。他们家还会到别的村买了狗来杀了卖狗肉。到了冬天，从农村到大店集吃狗肉喝烧酒成风，卖狗肉的生意也很好。陈登科有一本小说《风雷》，是写宿县地区土地改革的，其中用不少篇幅写吃狗肉喝烧酒的事。我父亲一辈子不喝酒，母亲虽喝一点，也只是一两盅，我们家不吃狗肉。我们家倒是有一条大黑狗，会到大汪浅水处捉鱼，但是它很温驯，弟弟经常搂着它的脖子喊它"狗娘"。

大歪哥结婚之后就不再带我玩了，我也要到学校读书，离开家之后，我对他的事知道得就更少了。后来听说1960年严重困难时，他仍然下汪挖藕，后来汪里的藕都挖完了，没有东西吃了，家中的狗皮也都吃光了，那些狗皮还是1949年之前的，他又当褥子又当被，什么脏东西都有，还是被他吃光了，最后也没能救他的命。大歪哥死了之后嫂子带着怀生回山西娘家了，从此再无音信。小歪哥和他的儿子也死了，那嫂子带着女儿嫁人，也走了。一个家庭从此就不存在了。历史和命运真是说不清楚，二大爷兄弟五人，在村子里是人丁最旺的人家，四大爷和五大爷没有后代，善彩大爷有儿子，即明德，但明德无后，夫妻二人也都死了。现在只剩下三大爷有几个孙子。我们村子有几个家庭都在那几年悄然无声地消失了。

青纱帐

青纱帐就是高粱地。高粱是秋季主要作物,也是农民冬春二季的主要食物,我们把高粱面称为杂面。除此之外,高粱又是大曲酒及饴糖、粉条的重要原料。高粱秸是做饭的主要燃料,农民所说的柴火就是高粱秸,而且每亩的产量比小麦的产量高。农民对高粱的重视不亚于小麦,不管地多地少,农家都要用一些土地种高粱。把高粱地说成青纱帐是防日本鬼子扫荡的说法。在全面抗战八年的时间里,日本人没有进过我们村,我没有见过日本鬼子。我父亲是见过日本鬼子的。有一次日本鬼子从南向北路过我们村子,拉走了几头毛驴驮行李,养驴的人家都跟去了,我们家的大青驴也被拉走了,父亲也跟了去。日本鬼子用拉去的毛驴驮东西或骑在上面。可是我家的那头大青驴不听话,特别不听陌生人的话。开始日本人骑了上去,可是它炸蹶子,把日本鬼子甩了下来。不能骑就用它来驮东西,可是它后腿一缩一伸把日本鬼子踢得很远。日本鬼子气得对它的脖子开了一枪,就让我父亲把它牵了回来。后来还是兽医为它开刀才把子弹头取出来。隔一天其他几家主人都牵着毛驴回来了。在回来的路上,有的人捡到日本鬼子扔下的毛毯,有的人捡到日本鬼子扔下的饼干盒,盒里还有饼干。我父亲捡到日本鬼子的军用热水瓶,特别是捡到日本鬼子热水瓶的人家在村子里热闹了一阵,村民都不知道那热水瓶是什么东西,派什么用场。

日本鬼子来之前,我们那里就有游击队,游击队的大队长叫王恒照,是郑明忠的舅舅。他家在距我们村子不远的展桥村,我们小时候就有一首歌谣:"王恒照的兵实难当,破袜子破鞋破军装,普通火(子弹)大盖子枪(日本人的三八式步枪),德子盒子(驳壳枪)顺手掂,扳开大机头,拉开大枪栓,嘭通一条子,打到五台山。"这时我家的西堂屋刚刚盖好,游击队来了,就住在那里,游击队住的时间一般不超过三天,有时天快亮的时候来了,只住上一天,晚上就走了。

老伴武仲英少年时期就没有见过共产党的游击队,这可能是因为她居住的那个村子距离铁路近的关系。武仲英是宿县夹沟区龟山头人,她家的屋后就是小山的尖顶,像一只乌龟的头,所以称之为龟山头。她的家距离铁路很近,无论是白天还是夜晚,只要有火车经过,都能听到声音。龟山头距离夹沟火车站只有二三华里,南去六十华里,慢车也只有三个站,半小时就到宿县;北去徐州,半小时也就可以到达。

而从大郑家村到宿县，也是六十华里，那时连汽车都没有，步行要大半天才能到。龟山头所处的位置交通方便，不利于游击队开展活动，也常会受到日本鬼子骚扰。武仲英家也有流亡逃难的生活。她父亲、三叔两家带着她伯母一家逃难向西北，到了天水，她父亲教小学，她三叔教中学。武仲英说："逃难时我已经记事了，奶奶喜欢我，要把我留下，我母亲舍不得，带着我去逃难。到了天水，母亲生下妹妹仲九。妹妹生下第七天发高烧，给她打了链霉素，把耳朵打聋了，终生都是残疾。后来奶奶来信，说她想我想得快要疯了，父亲才带着我们一家及大娘一家回来了。三叔继续流亡，他在天水教书。"

日本鬼子来了之后，游击队让老百姓种高粱。老百姓很听话，家家种高粱而且种得多。平时我们家种的高粱不会超过十五亩，听了游击队的话，种了三十亩高粱。从大郑家到大店集有十二华里，中间有一条小黄河，河畔有一个茶棚，叫六里庵，小黄河到大店集或到大郑家，各六华里，小黄河为界。出了大店集北行，过了小黄河都是高粱地。虽不能说密不透风，但在路上行走会感到闷得透不过气来，钻进高粱地，二十公尺就看不见人影，很神秘，给人以威慑之感。特别是在疾风暴雨时，看到天边一片黑云密布，可是雨还没有到，就可听到雨打高粱叶子发出的沙沙声，雨就接着卷江倒海般地奔来。日本鬼子驻防大店，常传来他们要下乡扫荡的消息，我家的那棵椿树王就是这时听到日本鬼子要来扫荡的消息锯掉的。

　　种高粱重要的田间管理，就是打高粱叶子。高粱叶的用处很多，用来喂牲口、盖屋挡雨，还有打了高粱叶的高粱秸用来烧饭。若是用没打叶子的高粱秸烧饭，高粱叶烧的火舌就会蹿出来，很不方便。为了挡日本人的视线，游击队规定不能打高粱叶子，防日本鬼子下乡扫荡。另一办法就是挖路。无论是大路还是小路，都要挖断。有的路变成深沟，使日本人的机械化部队无法通行。挖路也是按照土地的多少来分摊的。父亲带我去挖过路，别人家挖路都用铁锹，我家摊到要挖的路多，父亲就像耕地一样，用牛拉着犁子耕，然后再用铁锹把土翻到旁边，然后再犁下层。很多年以后那些被挖出来的沟还存在，不过农民在沟旁又走出新的路。还有到符离集去扒铁路，把津浦铁路的铁轨掀掉，拆下来的长铁轨锯断，运到我们那里藏起来。我读书的双庙小学，上课下课的铃声，就是用道钉敲打铁轨的残段发出的啳啳的声音。

　　也许农民那时还不知道八路军是国民革命军第八路军，只知道游击队让断桥扒路，故称游击队是"扒路军"。其实游击队是地方部队，八路军才是正规部队。种高粱扒路挖沟还真使老百姓服帖，有几次传来日本鬼子要下乡扫荡的消息，奶奶坚持不走，要留下来守家，父母就带着我们姐弟，牵着牲口背着行李带上馍，顺着沟钻进高粱地里躲上一天，傍晚时才回家,我们称之为跑反。就这样跑了几次反,日本鬼子都没有来,后来才知道日本鬼子怕青纱帐,更怕游击队。他们向北扫荡,不敢越过小黄河,日本鬼子只到小黄河以南的村庄扫荡,砍树抢东西,那里的村庄的确不得安宁。小黄河以南的亲戚朋友有时跑到小黄河北投亲奔友,以躲避日本鬼子给他们带来的灾难。

抗战八年,日本鬼子一次都没有到过我们村子。从当年在我们那儿打游击的高层领导人的回忆录中,知道当年我们那里是皖东北根据地,地盘很大,向东北方向伸展和苏北及鲁南的根据地连成一片,大店集范围已处于皖东北根据地西南的边缘,和宿县城较近,故根据地的政权机构都不在我们那里,距离我们村子很远。我们那里成了游击队和日本鬼子的拉锯区,汪伪政府在我们那里也没有政权机构,农业赋税都是交给游击队的。所谓农业赋税无非是要几担面粉和几双布鞋。我记得父亲曾挑面粉和买来的二十多双布鞋到草寺去交赋税。草寺距离我们村子三十多里,那时父亲正在辟谷,几天都没吃饭,担心他挑着担子能否走得动。但父亲像没事似的平安地回来了。我有些好奇,也学着父亲辟谷,每天清晨,碗里放上用黄纸写的一道符烧成灰,用白开水送下,晚上在手心里画一道符,放在嘴边吸收进去。就这样,过了一个星期,并不感到饿,平安度过。那道符如何画的,现在已经想不起来了。那一杯白开水很重要。现在也有辟谷的,辟谷时间更长，肯定有别的办法，不会再喝那种有符的水了。我现在嘴馋，恐怕无法再练辟谷了。

我们那个村子没有地主，没有佃户，也就没有减息减租的运动，更没有土改。什么儿童团、红缨枪站岗放哨查路条，我都没有经历过。后来看了电影才知道别的根据地有这么一些事。其实游击队有情报，对大店集及宿县城里的情况都非常清楚。住在我家西堂屋的一批游击队，给我的感觉是，他们来无影去无踪，有时几天不见，有时突然又回来了。他们有的人还化了装，每个人都有一把短枪。夏庙子村有一个叫夏树勋的人，家中很富有，常住在宿县城里，可能和日本鬼子、伪军有联系，搞得苗庵那一带不得安宁，游击队也吃过他的亏。就是住在我们西堂屋的游击队说夏树勋已经死了。如何死的，我们并不知道。有一次，游击队员在那儿摆弄手枪，不当心走了火，把小腿打了一个洞，幸好子弹头弄出来了。是我奶奶用菜园中的紫苏叶和屋前屋后种的那种大麻子叶放在蒜臼中捣碎，敷在这位游击队员的伤口上，然后再用白粗布包扎起来，他没有去医院，在我家西堂屋养了几天就好了。除了紫苏叶，还有红地猴、猪耳朵叶都可止血消炎。我们割草把手割破时就在野地里揪几片红地猴叶子，揉碎敷在伤口上，就不会出血发炎了。后来我才知道住在西堂屋的那批游击队是联络站，专门搞情报的。游击队的乡政府常住在我家西院，所谓乡政府，其实就是书记和乡长。他们吃派饭,今天在这家吃,明天在另一家吃。可能是我母亲对饭菜比较讲究,游击队就经常在我们家吃饭。过去在我们那里当乡长的郑道宗,"文化大革命"期间赋闲在家,我们还时有往来。后来我把母亲接来上海,他知道后还专程来探望。到了中午我母亲问他,郑乡长想吃什么?他说老嫂子,还是吃你擀的面条小葱炒鸡蛋吧。

"小麦去了头,秫秫没了牛",这句乡间的农谚是说到了收麦子的时候,高粱就长得很高了,和高粱一起生长的秋季作物很多,把田野打扮得更美丽。奶奶告诉我,在农村看花不只是看春天的桃花、杏花、李花、梨花,还有庄稼花,大豆开黄花,芝麻开淡紫色又带着雪青色的花,绿豆开绿中带黄的花,荞麦更是开白的像雪一样的花,路边的野草闲花随处都是,即使下霜了那些不知名的小花还在开。最显眼的罂须(粟)花,农民种的虽然不多,大红色的花在风中摇摆,给人一田独秀之感。我们家有一块南小园的地,不到一亩,也种了罂须花,花朵就像郁金香花,花谢了结的果实像乒乓球那样大,每天傍晚母亲用割脚刀在小珠上划一刀,有白色的汁液流出来。第二天在日出之前就把那些汁液收起来,放进碗中,到全部收完了之后,放进锅里熬成黑色的膏子,就成了黑色的鸦片。鸦片膏子可以卖很高的价钱,不用自己去卖,好像有人上门来收。当时农民就知道鸦片膏不只是供鸦片鬼吸,还可以用来制药,止疼的麻醉药就是用一部分鸦片做原料。我曾问过妻子,她小时候见过罂粟花没有,她说见过,罂粟花的籽可以吃,特别香。可见当时农村种植罂粟是普遍的现象,其中就有制药的需求。

夏天的田野有金色麦浪,很壮观。农民收麦的时候有一种豪情,有点心急火燎,可是秋天却是漫长的。农谚说"立秋三天遍地红",高粱熟了,该收割了,由此开始了秋忙,一直忙到种完小麦才结束。在秋忙的季节里,最激越的农活是砍高粱了。不下雨还好,把高粱砍倒,用刀子把高粱穗子切割下来捆成一个个秫头,不急于脱粒,把秫头垛好,用能挡雨的高粱叶盖好,可以到空闲时再脱粒。高粱秸放在地里晒干,用抓钩打去根上的泥,然后可以用大车装车拉回家。如果下起大雨,收高粱就麻烦了。大车不能进到地里,秫头秫秸都要用人从地里扛出来才能装车运回家。其他农活都是慢悠悠地去干。其实农民在不同的季节里有不同的心理情绪及节奏的调节,即使像我这样在农村长大的人,对农民在这方面情绪变化的了解还是很少。

高粱登场之后,其他晚秋作物也陆续登场,东一堆,西一堆,有的等待脱粒,有的等待入垛。最突出的仍然是高粱,红色的穗子真像一串串珍珠在太阳光的照耀下,更加灿烂。还有黄豆、绿豆、黑豆,散开晒在场上,色彩纷呈,甚是好看。整个秋天我都跟着父亲睡在场上,蚊虫多,家家都会点燃潮湿的杂草,不冒火头只冒烟,那烟可以把蚊子熏跑,可是晚上睡在场上，烟就无法熏到了。父亲就用高粱秸绑成架子，用被单把睡觉的软床围起来，睡觉时就钻在被单围起来的蚊帐里。虽然如此，我仍然被蚊子叮咬得染了疟疾，父亲把盛草的畚箕的系绳解下来，给我系在脖子上，说是"短疟子"。秋收后天气渐渐转凉，蚊子没有了，但也不能在露天睡觉，露水会落在身上也容易患病。父亲就用高粱秸围一间茅屋，里面铺黄豆秸、绿豆秸，我就跟着父亲睡在高粱秸围成的茅屋里。农村把这种茅屋叫做秋秸庵子。这时农民已经比较清闲了，老西大爷晚上常到场上来聊天，给我讲一些天上星星的故事。大平原的上空水气少，秋天的夜空特别明亮，一颗颗的星星特别亮，什么南斗六星、北斗七星、太白金星、银河、牛郎星、织女星，还有歌谣如"勺子星、巴子星，谁能数七遍，一辈子不腰疼"。要一口气说七遍。我常常说不到七遍就透不过气来，现在年纪大了更不能中间不换气说上七遍了。秋夜的星空太美好了。2010年，我们夫妻到南非探亲，一天晚上，在一家农场旅馆外散步，老伴武仲英突然惊叫起来："你看天空多少星星！"到上海过了几十年，都没有见过这样多的星星。她很激动，久久不愿进屋入睡，和我一起回忆大平原秋天的夜空。我们都觉得星空给人以遐想，有些浪漫的色彩，我们也都留恋少时乡村的星空，我们的心也似乎系在高高的星空中。

乡村没有黄历，更没有日历，一年二十四节气中什么时

青纱帐夜色

候该种什么庄稼,主要都是看天空中的星星,一是看银河的方向变化,一是看北斗星柄的变化,还有太白金星。更重要的是在乡下传说中,三星即是牛郎挑着两个孩子追赶上了天的织女,中间一颗大的明亮的星是牛郎,两边两颗小星是两个孩子,我还记得有"三星对门,门口坐的人"的说法,即是冬天过去了,晚饭后三星照在门口,说明天气暖了。民间的星象学已经失传了,像我这年纪的农民已经不大懂了,更不用说青年农民了。现在记述二十四节气的资料很普遍,手机、电视、报纸都能看到了,不需要再像我的父辈那样看星星种庄稼了。

种麦子的时候都是父亲摇篓,我帮耩子在前赶拉耩子的牛,每天清晨父亲叫醒我的时候,第一句话总是"三星到那里了",然后我就迷迷糊糊牵着牛下地了。秋天清晨雾大,我们常常都是一身露水,那露水很凉,所以种麦季节的清晨,要穿薄薄的棉衣。我觉得在我少年的时候,无论什么农活,父亲都让我参与,做好了他不表扬,做不好他也不责怪。在父亲的心里,即使不能把我培养成念书的人,也要把我培养成种地的好手。一般的农活我都会干,就是摇篓及散播我没有学会。耩子上有盛种子的篓,篓上有一小孔,一亩要播下多少种子,全靠用手伸进去量一下,光这样还要根据拉耩子的牛走得快慢调整摇篓的频率,否则将来长出的庄稼不是稀了就是稠了,都影响收成。后来我念书也念得很好,父亲的主意改变了，就不再教我干农活的一些窍门了。

从此，也就结束了我从神秘的青纱帐到温暖的秫秸庵的生活。

初冬季节，麦苗出土，北雁南飞。纯净碧蓝的天空，常常会有雁群飞过，有时排成一字，有时排成人字，到了我们那里也会降落休息觅食。雁群食素，喜吃幼嫩的麦苗。农民一般不会去惊扰雁群，知道被大雁吃了的麦苗，春天还会发出来的。只有郑明忠家有火炮，看到有雁群落地，他会把火炮放在拖车里，用牛拉着去打雁群，一炮打去，雁群受惊，嘎嘎叫着飞向远方。结果只是放空炮，一只大雁也没有打着。也有人出面干涉，阻止他用火炮打雁。我们那里把大雁称之为"老卜"。

后来读了陶渊明的诗，使我更加回忆和留恋田园生活。陶渊明所写的乡村，及"带月荷锄归""举酒话桑麻"的乡村生活，对农民来说是习以为常的事。我觉得农民都是陶渊明，我少年时过的也是陶渊明式的生活。陶渊明的那些感慨和悟性，都是因为当了官又罢了官之后才发生的。陶渊明的名句"不为五斗米折腰"被视为颇有骨气，农民是没有这种感慨的。不但没有人给他们五斗米，生产出来的粮食反而要交给官府，那就不止五斗米了。父亲不识字，更不会作诗，但他喜欢陶渊明的诗，经常要我讲一些陶渊明的故事和诗给他听。那时我对陶渊明及其诗也只是一知半解，只好遵父命讲了。

陶渊明一会儿做官，一会儿又回家种地，怎么搞的？父亲问我，我也说不清楚。父亲的理解：陶渊明是个读书人，只会作诗，不会种地。父亲说——陶渊明不是种地的人，他还想留名，留下几首诗，让后来的人知道他。种地的人不要留名，只想留几亩地给儿孙，当时和陶渊明一起种地的人，谁还知道他们。要是陶渊明和我在一起，我也得教他种地，我无法跟他学作诗。这是我父亲作为农民对陶渊明的理解。除了陶渊明，父亲还喜欢我给他讲孟浩然的诗。他认为作诗是读书人的事，和种地是两码事。和农民相比，陶渊明对农村的理解和体验还是隔了一层的。田园生活的情趣一直在我心里，也曾想过"胡不归去"，但在乡村连荒芜的土地都没有，更无别的产业，只好为"五斗米折腰"，归去就无法活了。

双庙小学

我并不聪明,没有童年就能作诗的本领,成不了神童,由于没有成为神童的家庭,种地的事我是略知一些的,但种地需要有气力,需要动手,因之也就不会成为种地神童。和一般人家的孩子一样,我七岁入学读书,教书先生是郑圩孜的郑善厂,他比我高一辈,没过几天就是他的儿子郑明銮接替他的教职。学生有哪些人都忘却了,只记得郑明瑞比我要大得多,是大学长了,明瑞哥是善学大爷的三儿子,他的两个兄长明忠和明信也是念过书的。善厂大爷的同族兄弟都是木匠,所以书桌和坐凳都是用他们家木板钉的,念了几天书,大概一本《三字经》刚刚念完,不知为什么就不念了。从此就开始了停停念念、念念停停,过着半是农民半是学生的生活。后来听说外婆住的吴家有私塾,父亲又把我送到那里去念书。开始教我们的是柴茂林,他是外祖父的学生,和他经常往来的是邻村的张邦彦,也是我外祖父的学生。他们都会作诗，经常交换自己的诗作，有时以诗唱和。张邦彦来了，我们就不念书了，听他们谈话。他讲了一个故事：一位老爷让听差到街上去买竹竿，结果这位听差买来了猪肝。老爷不高兴，说我叫你买竹竿，你却买来了猪肝，你的耳朵呢？听差连忙说："老爷，猪耳朵在这里。"把猪耳朵从怀中掏了出来。我们听了都哈哈大笑。笑过之后，老师却说，每个人用这个故事写一篇作文。由此我知道念书还要写文章，也就写了我的第一篇文章，在吴家念书不到一年又不念了。

开始去吴家念书时，是准备跟着外婆在四舅家吃饭的。大概父母疼小儿子，外婆最欢喜四舅，所以她就住在四舅家里。可能是外婆不愿增加四舅的麻烦，就不同意我跟着她，也就是不同意我在四婆家吃饭。后来我在大舅的次子庆德表哥家吃饭。表嫂的娘家姓洪，其他表嫂都叫她老洪，我也就叫她老洪嫂子。那时，他们的儿子毛耀生下来不久，我放学回来就要帮她抱毛耀。外婆不让我跟她在四舅家吃饭，这伤了父亲自尊心，他从此不到吴家村去了。我外婆九十多岁去世，父亲也不去烧纸悼念。我母亲对此耿耿于怀，有时当着我们姐弟的面还要把父亲数落一番，说父亲是木头人，不开窍。父亲只是静静地听着，不生气也不还嘴。父母一辈子没有吵过架，母亲是善于自我解脱的人，没有不可放下的事情。父亲生气了，就是不吃饭也不干活，经过母亲左说右劝，他的气头才能过去。

读了这两次私塾,都没有对我有什么启蒙作用,真正有文化启蒙作用的还是农村的说书。一到冬天,农村说书的人就到村子里来,随便找一家住下,会连续多日说唱,他们脚踏云板手拉坠子,连说带唱,内容都是民间传说或历史故事。几天说唱结束,有人帮助他们挨家收点粮食,有多有少,多少自愿。还有戏班子下乡唱戏,没有戏台就把几辆大车拼起来,铺上门板搭成戏台,没有电灯就用松明子或高粱秸扎成把子,浇上油,用来照明,一般只演一个或两个晚上。再就是玩把戏的,也就是杂技团,玩猴子、吞刀子、喷火等,还可以把人装进木箱子里,打开箱子人就没有了。我曾被装进木箱,还有一位是杂技团的人紧紧抱着我,夹住我的双腿不让动,没有光线,但把箱子翻倒给观众看,我知道自己就在箱子里。这些艺人都是收粮食或面粉。为了糊口,他们也不容易,走村串乡也很辛苦。

最常见的说唱本也是各种演义,如彭公案、施公案、精忠谱等,都是村里的识字人照本宣读。村子有几户人家是集中的地方,我们家是一个聚集处。一盏油灯放在吃饭用的案板上,说书的人坐在灯前,我姐和她的小姐妹围着案板凑着灯光做针线活,其他人或坐或蹲或半躺在锅门前的柴堆上。锅门是灶台烧火的地方,我们那里不说灶,灶台说成锅台,灶门说成锅门。每晚活动到什么时候结束,也是依三星的位置来确定。农村用三星定时的机会很多。明法哥不识字,但

明法哥说书

他收集各种唱本，每到晚上他就把装有唱本的木盒子抱来，大家想听什么，议定之后，明训就会从木盒中取出那本书来，说给大家听。明法哥不但自己收藏唱本，他还到别村去交换唱本。前文已说大奶安排明法哥的父亲住在丁集孜，丁集孜也有一个农民喜欢收藏唱本，明法哥去看望他父亲的时候，就和那位农民交换唱本。我在少年时代从艺人的说唱、剧团演出、夜间说书中，学到了许多历史知识，听到了许多民间故事，这里还有许多传统的礼仪。

双庙有了小学，我才进了洋学堂，算是正规念书了。过去进了两年私塾，从《三字经》到《百家姓》，也读过《论语》，只是背诵和认字，至于什么内容并不知道。有时先生不教我们，他就让大学长教，也是不讲内容只教认字。后来再读《三字经》，方知道其每句话都可讲一段故事，《论语》是孔子治家治国安天下之学，有丰富的内容，虽然读了，但对其内容仍然不知道。我这时已有强烈的求知欲了，对双庙的洋学堂寄予很大希望。

双庙是建筑在高台上的一座寺庙，有大雄宝殿、前山门及东西两边的侧殿，建于何时没有寺史可查。据说当年的和尚是想建两座庙，可是建了东边的一座，西边的庙倒了，建了西边的一座，东边的庙又倒了。这时所说的双庙，即是西边的那座庙。我进小学读书的时候，东边那座庙的台基还在，只剩下基石及残砖断瓦了。庙前的碑很多，建庙之始的碑没有了，都是重修庙宇的碑，内容都是捐献者的名字，谁捐了多少钱，那些捐钱的人被称之为施主。有重修年月的记录，可以看出这座庙的大概发展历史。经风雨的剥蚀字迹大都模糊了。虽然成了学校，大雄宝殿及侧殿的神像都还在，学生的课本就放在神台前。

发起建立学校的是当地开明士绅，在当时游击区的环境里，游击队和开明士绅和平共处，有时还要靠他们的力量办一些事情，所以对他们都以开明士绅称之。有的乡绅还被聘为游击区人民政府参议员。带头的是丁集孜的祝茂林，他的大儿子在宿县做生意，他自己在苗庵集也有一个百货店。我外公在他家坐馆教书，他的子女都是我外公的学生。还有王圩孜的王清波、郑圩孜的郑明忠，郑明忠是游击队长王恒照的外甥，这几个人都是校董。双庙小学成立后，祝茂林的儿子祝明洲当校长，教师有柳明五、蒋从良、王清远、王清江，还有外来的一位张老师，已经穿着中山装，领口衬了白布的假领子，是为了拆洗方便。几位外来的老师可能是城市青年，到游击区来参加革命。学生自己带桌凳，父亲为我用椿树王的一段做了书桌，一条两头翘的马鞍形的小长凳。学生从一年级到六年级的都有，不只是双庙附近村子的少年入学，其他地方的学生也到这里读书，也有几位像我这样年龄的人。其他学生的年龄都长于我，是大学长了。

王清江老师本来是私塾先生，我不在吴家念私塾后，曾到王清江家里读过几天书。他有学问，我们那一带念过书的人差不多都是他的学生。他面孔白净，身材修长，穿着青色长袍，写颜真卿字体的书法，很有名。我到他那里念书时，他不管我们小学生的事，每天都给大学长讲经。等大学长有空，再由大学长教我们。他的学生中文化水平悬殊太大，我无法学到知识。此时，王清江也来双庙小学当教师。他的年纪已经很老了。我是从小学三年级读起。

双庙里还有和尚，老和尚叫神悟，两个小和尚，大的叫慧明，小的叫慧心。小和尚的年龄和我差不多，神悟除了是双庙的住持，还是苏庙及大店南八里几个庙的住持。他有一头毛驴，他经常骑着毛驴往返于这几个寺庙之间。他有妻子，家在八里那边。他就经常住在八里不大到双庙来了。双庙的前殿东边的两间屋内还住着一位姓王的，是双庙北边城子王家人，此时他以庙为家。经常来这里吸鸦片的有徐瀛洲，还有丁集孜一位姓王的，他留着很长的头发，但没有辫子，我们称之为二道毛子，其他还有几位。双庙还是和尚当家，学校老师不干涉他们，也不管吸鸦片人的事。

从我们村子去双庙小学上学，途中要经过一片乱葬岗子。所谓乱葬岗就是一片坟地，地势低洼，杂草丛生，是我小学同学滕广坤家的祖坟。婴儿生下来七天夭折，我们那里称之为"七风"。我想可能是消毒不到位，剪脐带时受到感染，生下来七天就夭折了，"七风"应该是"脐风"。按照我们家乡的习俗，认为夭折的婴儿是魔鬼托生，不吉利，不能葬在祖坟旁，都是用芦席或麦秸卷了放在乱岗子杂草丛中。我有一个弟弟，母亲生下他七天也夭折了，父亲用芦席卷了也是送到这里。也有家境贫困的孤寡老人去世后，乡民把他的尸体用芦席卷了放在这里。据说，傻子大爷和老西大爷曾经打赌，傻子大爷说他的胆子大，不怕鬼。老西大爷说乱岗子有新近去世的老人卷进席筒，你晚上敢喂他一口饭就算你的胆子大。晚上，傻子大爷真的带了饭去了那里，向卷在席筒中的尸体喂了饭，尸体张开嘴把饭吃了。傻子大爷连喂了尸体三次，尸体都吃了，他吓得奔回家就病了一场。开始人们以为傻子大爷故弄玄虚。过了几天，老西大爷才说，是他把席筒里的尸体移走了，自己钻进席筒里吓唬傻子的。后来，我没有向老西大爷求证这件事的真假。从老西大爷风趣幽默、欢喜开玩笑话的性格，我觉得他是能干出这种事情的。

上学经过乱葬岗子时，同学都感到发怵，有的同学说经过这里头毛都要竖起来，所以我们上学都是三五人结伴而行。

当地的几位教师家境都比较好，他们不但没有工资，还要拿出钱来办学，钱不够，校董出面集资，学校也办得红红火火。这样，老和尚神悟感到在这里待不下去了，就带着两个徒弟，用小毛驴驮着经箱和袈裟，搬到八里那个庙里去了。抽鸦片的那位王老先生也搬走了。双庙和苏庙还有一批庙产土地在出租，郑圩孜陈姓和马姓都是租种庙产的土地，学校就派人去收租，高年级的学生也出去帮助学校收租。租金用做养活老师及办学经费。在日本鬼子占领区的小学都要进行奴化教育，如大店小学，我们村子程树心的长子程仁杰就在大店小学读书，在学校里要穿日式校服，学日语，和双庙小学的学生则完全不同。我的一位表兄也是大店小学的学生，我们在一起玩的时候，偶然也讲两句日本话。他们都懂日本的礼仪，课本有日文和中文两种，双庙小学的教育既不是日本的奴化教育，也不是延安式的抗战文化，是北京和上海文化的综合用的课本，虽然是根据印刷厂用很黄的粗纸印的，但内容是开明文库中选出来的文章，也有的取材于商务印书馆出版的小学教材的内容移植过来的。老师教的歌有《垦春泥》，也有李叔同的那首"长亭外，古道边，芳草碧连天"，还有电影插曲《渔光曲》《夜半歌声》等，为什么会这样，我想有的老师可能是来自大城市的青年学生，根据他们熟悉的内容进行教学，游击区不是根据地，没有统一的教材。

庙前有一个茶馆，除了卖茶也卖当地的点心。有游击队员在那里喝茶，从苗庵到大店换防的伪军也会在这里喝茶，有时伪军和游击队会在茶馆里巧遇，各喝各的茶，喝完茶各走各的路。只要伪军不动手，游击队是绝不会动手的。伪军不敢进村骚扰，只是匆匆赶路，后来我才知道伪军很害怕游击队，想赶快换防躲在据点里。对游击队来说，不能因为几个伪军打草惊蛇，引来日本鬼子下乡扫荡。

双庙小学既不和日伪方面发生联系，也不是游击队的联络点，是用集资和庙产办的，是私立学校，在政治上处于中间状态。虽然如此还是免不了一场横祸。一个星期天，突然有伪军和几个日本鬼子来到学校，把祝明洲、王清远、蒋从良抓走了。这时，柳明五、王清江不在，两位城市来的老师在两天前调走了。后来王清远和蒋从良死里逃生回来了。蒋老师是我们前面蒋家村人，他回来后对亲朋说，日本鬼子把他们抓到宿县关在西关宪兵队的监狱。祝明洲的大哥在宿县做生意，花钱把他赎了出来。他和王清远被宪兵队灌过辣椒水，上过老虎凳，被日本的狼狗咬过，虽然写了自首书，还是没有放出来。日本兵把他们装上火车，要送到日本当苦力。火车车厢是闷子车，只有一个小小的窗口。火车开到固镇，他和王清远从火车的小窗口跳了下来。他家闻讯用独轮牛子板车把他拉了回来。我去看他的时候，他身体还在浮肿，腿上还有日本狼狗咬的伤口，很虚弱。就因为他在监狱写过自首书，以后的生活受了很多精神上的折磨。王清远老师也是这样。20世纪70年代末，祝明洲校长到上海来看望他的妹妹，我和他们见了面。他仍然是那样清瘦，仍然是那样有精神。他告诉我，带着对日本鬼子的仇恨，从监狱出来后参加了国民党的军队，还当了营长。淮海战役前夕，他所在的部队起义投降，成了中国人民解放军，现在是离休干部。

这次来上海看望他的两个妹妹凤仙和小寒，随后我们又去看她们。她们住在制造局路，虽然是棚户区，房子的面积很大，堆满荆条编的水果篓子，是做水果生意的。她们也都是我外祖父的学生，谈起往事，对我小时候去看望外祖父的事还有印象。

双庙小学虽然发生了老师被日本鬼子抓走的事情，并未因此而解散。柳明五回到学校以后，他自任校长，宣布休学。不久，八路军就把日本在大店的据点打掉了，双庙小学又开学了。学生多了，除了原来的几位老师，外来的老师也多了，其中冯勃民老师讲的是北京话，还带着他的母亲，是一位白白净净裹着小脚的老人。像丁集孜、王圩孜有地主的村子，开始减租，祝茂林、王清波也不再是开明士绅，成了佃户向他们说理的对象。当时还不叫地主。虽然如此，他们也要站在台子上耷拉着脑袋，接受佃户们的说理批判。学校也组织我们参加，跟着喊口号助威。

我也代表双庙小学上台发了言。我并不知道父亲也被叫去参加了那次大会。回到家里，父亲很生气，狠狠地把我教训了一番。他说，祝老茂没有得罪咱家，他又是你外姥的朋友，你逞什么能上台去斗他。最后还是补了一句："以后做事不要逞能。"父亲的这句话影响了我的一生：做事不要逞能。父亲沉默少言，但他有着传统道德标准和做人处事的原则。祝茂林当地人都尊称他为祝老茂。我外祖父名叫吴祥瑞，当地人都尊称他为吴老祥。祝老茂和吴老祥是生死之交的朋友，远近闻名。我作为吴老祥的外孙，怎么好去斗外公的朋友祝老茂呢？在父亲看来，这是大逆不道的事情，所以他很生气，教训儿子不要逞能。

这时我的胆子也大了，敢和父亲犟嘴，就说："祝老茂剥削佃户，是佃户养活了他。"

父亲更加生气，说："你说什么？到底是佃户养活祝老茂，还是祝老茂养活了他们。没有祝老茂的地，他们连饭都吃不上。"

我说："他就是用土地剥削佃户，所以要和他说理。"

父亲说："那是说理吗？说理为什么不让祝老茂讲话？什么说理大会，那是不讲道理的会，没有祝老茂给他们地种，我看那些人都会去逃荒讨饭。"

平时不大说话的父亲，这次却是振振有词，越说越有气。我怕再惹父亲生气，就不声不响地走开了。父亲似乎不甘心，还是追着我说上几句才罢休。

在双庙小学，我们也可看到地方党委的机关报《拂晓报》，说是恽逸群创办的。恽逸群后来是上海《解放日报》第一任总编辑。现在《拂晓报》还是中共宿州市委的机关报，新四军四师师长彭雪枫在河南和日本鬼子打仗受伤，在回皖东北根据地的途中阵亡。宿县为彭雪枫举行的追悼会就是在双庙小学进行的。张爱萍在抗日战争期间的革命活动也是在皖东和苏北根据地。1981年，我去国防科工委采访时，他专门接待了我，畅谈半日。对我们那里许多小镇和村庄的名字他都记得，自称和我们算是同乡了，还专门写了他的诗给我，诗云："柳暗沙明对夕晖，长天淮水鹜争飞。云山入眼碧空尽，我欲骑鲸跋浪归。"他说这首诗就是当年在我们那里打游击时写的。

这时，宿东县人民政府从草寺转移到丁集孜，祝茂林的瓦坊院子成为人民政府的机关所在地。我家西堂住的人也不像游击队那样今天来明天走，而成为长驻的机关了，有许多是有文化的人。记得大舅送我一支金勒铭钢笔，也就是自来水笔。被住在这里的一位游击队员看中，用一本《白香词谱》把我的钢笔换走了。开始我也不知道《白香词谱》是一种什么书，后来才知道是学填词的参考书，并知道这本线装书是商务印书馆用开纸印的。我很宝贵，现在仍放在书架上。

双庙小学给我留下的记忆还有庙台周围都是酸枣树，茂密成林，几乎能把庙宇遮盖。酸枣是枣子的一种，只有纽扣那样大小，成熟较晚，每年经霜打之后，树叶都脱落了，酸枣还挂在树梢上，由青变红，再由红变紫，在太阳的照射下闪闪发光，一片丛林尽染的景象。酸枣是自行脱落的，有时即使用手晃动树干，果实也不会落下来。其味酸甜可口，下课了，我们就会去拾酸枣吃。如今想起来仍然是回味无穷啊！

日本投降之后不久,国民党和还乡团来了,中共的机关北撤,双庙小学自动解散,许多外地来的老师都走了。后来才知道学校的教师都先撤走了。我又失学了,在家中跟着父亲干农活了。

大 店 集

集就是市场,是物资可买可卖的地方,到这地方去买卖俗称赶集。与大郑村相近的南有大店集,北有苗庵集,以行政区来划分,大店是区政府所在地,是我们那个地方政治经济文化中心,苗庵只是它下属的一个乡,所以我们那个地方农民赶集就是去大店集,平时都称它为大店。

大店离宿县五十华里,从宿县到大店,中间经过十里铺、二铺、三铺、四铺,到大店应该是五铺,人们不这样叫它,而是称之为大店。从宿县到大店有一条不打弯的公路,称之为皇堤,是不是隋堤没有固定说法,出宿县东行经灵璧县、泗县及江苏的泗洪县入洪泽湖,转入运河,有一说法是隋炀帝到扬州看琼花走的就是这条路,虽无史可考,但是有一定的道理。过去的交通要道都设有长亭,也叫旗亭。古有长亭送别之说,多是到长亭喝上几杯酒,挥泪而别。古时的长亭也是十里,供行人歇脚、添水、喝上几杯小酒以解旅途之乏。

所说的十里铺、二铺、三铺、四铺，可能就是古时候的长亭。唐开元诗人王昌龄、高适、王之涣有旗亭赌诗，可能就是类似这样的地方，不过他们有歌伎劝饮助唱，比这些铺街要高级得多。大店东门之外三里的地方有一株古唐的槐树，当地人称之为唐槐。虽苔埋菌压鸟剥虫蚀，却老而发枝成为文明的形象，证明大店之古。我对大店的认识是在它已成为日本鬼子伪军据点之后，它的周围有城墙，就像长城一样，城墙有雉堞，有一个个枪眼。城墙有东南西北四个门，还是十天三个集，农民赶集的时候，从四门出入都要向站岗的伪军出示良民证。母亲带着我去大舅家，我的年龄还小，不需要出示良民证。那条皇堤从街心穿过，两边都是瓦房。我大舅家也是瓦房。他是医生，前面是门诊部和药房，院子里有一个影壁，大舅会画画，他就在影壁上画了山水画。绕过影壁才能到院子里，院子里有一个小花园，栽了各种我叫不出名字的花草。大舅有三个儿子，大表哥吴庆海、二表哥吴庆德都在老家种地，只有三表哥吴庆碧跟着大舅住，在大店小学读书，后来学了中医，当了医生。大舅还有四个女儿，大表姐、二表姐都已出嫁，能和我在一起玩的只有三表哥吴庆碧和表妹吴庆媛。庆媛和我同年，只是我比她早几个月出生。通过表哥和表姐妹，我认识了大店街上的几位小朋友，如闫志安、屈继贤、屈继星、马义、闵庆俭、闵庆祥、史士杰等，田凤藻虽然不是大店街上的人，但他父亲田明伦是大店小学的老师，和我大舅都是大店的知名人士，有时带着田凤藻来，这样，我们也认识了。

闫志安家开酱菜店，有一种豆腐卤即腐乳，包豆腐卤需用荷叶，我就从门前的大汪中采了一些荷叶，晒干后给他送去。榨棉油的那个油坊是屈继星父亲开的，他的外号叫屈大晃，我的三妹夫赵吉东就是屈大晃的外甥，屈继星的表弟赵吉东自小就父母双亡，是在他舅舅屈大晃家长大的。马义的家住在丁字街的南头，门前有一口井。他的家长是基督教的传教士，神职人员，后来马义继承父业，很小就能传教布道。史士杰的父亲是大生堂药店掌柜，他和田凤藻的父亲田明伦是生死之交，史士杰自小跟着田明伦老师读书。

我母亲和大舅妗子是姑嫂关系。在农村一般姑嫂之间不甚和谐，可是她们就像姐妹。大妗比母亲大十二岁，她和大舅结婚后我母亲就是她的小姑子，生活都由她照顾，梳头、鞋袜、衣服、耳坠、头饰等。过一段时间，母亲就到大店和大妗一起住上几天，有时大妗也去乡下看望我母亲。她坐着人力黄包车，撑着洋伞，很不一般。洋伞就是黑布伞，在农村是很少见的。大妗叫我母亲总是郑家或您三姑这样亲密的称呼，母亲去大店时用巴斗拷上杀好的小鸡、鸡蛋及农村的土特产，回来的时候大妗又会把大店的杂货装得满满的一巴斗。

据说自民国以来，大店就繁荣起来了，我无法领略昔日的繁荣。我少年时大店的确很热闹，丁字街两边都是店铺，布庄、杂货店、裁缝店、粮行、肉铺等等。光药店就有四家，有的药店还有坐堂医生；饭店有五家，茶馆有三家。有一位姓余的小朋友家中开茶馆，我到他家玩过，他家门前有一座煤火炉子，有时也烧木柴，炉膛里火光熊熊，炉上一溜儿摆七八把铁制的提梁壶。前面壶中水开了提走，后面的水壶逐个向前移动，开水供给街面上的店铺及住户，茶馆里还备有方桌和长凳，供客人进来喝茶。逢集的时候，茶客喝了茶就走，那是真的为了解渴。也有不少是泡茶馆的，一壶茶喝上半天儿，边喝茶边侃大山，街头乡间的新闻真真假假，国内大事及世界新闻，男女情杀的花边新闻，可以说是无所不谈，无奇不有。有了这样泡茶馆的，里面热闹。茶馆外面也热闹，特别是晚上，喝茶的人要吃夜宵，茶馆门口就有人摆了小吃的铺子，卖花生的、卖瓜子的、卖水果的、卖梨膏糖的、卖狗肉和兔子肉的、卖油馍的、卖烧饼的、卖烧鸡的，还有卖油茶。这些做小买卖的人要喝茶时高喊"来碗六安瓜片"或"来碗黄山毛峰"，卖茶的人就答应一声"茶来了"，把茶送到他们面前。这里常常能看到大店的夜市。

大店流行着这样的话："楼上楼，庙上庙，九顶孤堆十羊桥，三山夹一井，一百单三层江擦子。"九顶孤堆是在蒿沟，十羊桥在展桥子，桥墩有一只石头羊，利用谐音，称之为十羊石，都是在大店辖区的范围内，其他几处都在大店街。我自少年时就有寻根探古的兴趣，这几处我都去看过。所谓

"一百单三层江擦子",在大店西门内侧一座破庙里,下面是一块石碑,碑上有三个江擦子,江擦子是指台阶,即石碑上面还有三个台阶,也是利用谐音,称之为一百单三层江擦子。"楼上楼、庙上庙",大店的确有几处唱戏的戏台和五六座庙宇。

大店的庙有宿灵庵、三关庙、东岳庙、关帝庙、玄帝庙、火神庙、蚂蚱庙、倒坐观音庵、三观庙、南昭寺,庙是和尚住持,庵是尼姑住持。宿灵庵里有一尊菩萨,是高大的泥塑像。菩萨一个屁股坐两县,即一半在宿县境内,另一半属灵璧县,足见当时塑像者构思之巧妙。还有一说,宿灵庵是宿龙庵。前文已说,我随明法哥去八丈沟扒堤放水的事,传说八丈沟是一条土龙,由北向南遁地而行,到皇堤突然腾空飞走。前人为了锁着土龙,盖了宿龙庵。我猜想前人开凿八丈沟可能是要引水南入淮河,工程未竟。开凿到大店就没有进行下去,用当今的话说是半截子工程。在几座庙宇中,南昭寺坐落在大店南门之外,面积最大,香客最多,香火也最盛。每年春天都有庙会。吴庆碧、闫治安和我去赶过庙会并到庙里去看过,有几间大殿,大殿里塑有弥勒佛及十八罗汉的泥像,东西厢房是鬼的世界,有泥塑十八层地狱、奈河桥、铁钩子挖眼睛、下油锅,女的两次嫁人,两个男的用锯子把此女锯成两半的场景,对世人进行规劝,当然也有迷信的色彩。逢集除了看玩把戏、听大鼓书、拉洋片等文艺活动,东岳庙前还有正规的大戏台，坐南朝北，楼高两层，楼上楼就是指的大戏台。除了大戏台是两层楼上有楼，其他没有两层楼房。

大舅家的对面有一家金银铺子，老板在后面作坊里打制金银器，不大露面。看守门面的老板娘慈眉善目，就像一个女菩萨。斜对面是猪肉铺，店主买了猪自己屠宰，自己有门面，猪肉铺子有老板娘。她和金银铺子的老板娘完全不同，是武侠的形象。听说她会屠宰，我看她浓眉大手，夹着烟卷，跷着二郎腿坐在肉案子前，悬空的一只脚摇来晃去，听说无论是日本鬼子、伪军还是三教九流、黑道白道，她都能应付。她还能和吸鸦片的人相伴吸上几口鸦片，但自控力很强，从来不上瘾。看样子一身杀气，其实她的性格温和，与街邻相处得很好。她丈夫的弟弟是我们郑圩孜村的女婿，经常到我们村去买猪，村子里的大人和孩子都会和他开玩笑，对我们村子里哪个少年是谁家的孩子，他都能摸得很清楚。他也是大店的风云人物，但他不属于绅士阶层。大店的绅士除了我大舅、田明伦、曹华堂几个人外，更多的是姓闵的。闵姓是大店的大户，多名门望族，还有些人家在外地发展，地方的头面人物也多是闵姓。维持会长闵凤山就是一个，他家住在我大舅隔壁。闵凤山有时到大舅的药店坐坐，他的儿子小畅有时也和我们在一起玩。还有个叫恽琢的是我表兄的朋友，是大店街上的能人，什么事都会动手去做，修自行车、钟表、照相机，对机器方面的修理特有兴趣。他见到我母亲喊三姑，我和表兄一样喊他恽琢哥。庆碧表兄从他那里学会用推子卷香烟，开始一次只能卷一根，那推子经他改造，一次可以卷两根或三根。我也从庆碧表兄那里学会卷香烟。恽琢哥还做了一只卷烟推子送给我带到乡下，但没有卷烟纸也没有烟丝，我想了不少办法都无法把烟叶刨成烟丝，还是卷不出烟卷来。大店东头有一家染坊，能染出多种颜色的土布，经过染洗的土布，晾在很高的木架子上，我们可以在布幔子中捉迷藏。母亲需要染出更复杂的土花布，都是送到这家染坊里洗染。

在宿县以东几十里的大店小学办得最好，有像田明伦、韩子明、陈慕石这样的名师，学生的素质也好，虽然是高级小学毕业生，今天的小学毕业生无论是传统文化还是常识都不如那时的小学毕业生。该校早期的学生，有的参加革命，有的成为农村的知识分子，都是有用的人才。大店小学旁边有一个马号汪，虽然被称之为汪，其中没有水，只是一片干涸的洼地，成为堆积废物和垃圾的场所，其实这个马号也是大店历史的见证。

大店无史，旧地图上找不到它的名字，顾名思义，它原来可能就是一个大客栈，供行者住宿歇脚的地方。到了清朝时期它才成为北京到南京的交通要道，设有驿站，西有宿县，东南有固镇，大店距离这两个城市都是五十华里，驿站的人员骑马把公文送到大店，大店驿站的人接着就送到固镇。田凤藻还见过当年在驿站服务过的老人周彪。传说那个马号汪就是清朝驿站的旧址。那里本来有许多房子，供给路过的官员住宿吃饭，大店驿站那时养了许多马匹，骑马送信的多是官府文书，叫火燎毛文书，上面插着一根雁翎。驿站平时二十四小时有人值班，把马喂饱，备好马鞍，系好马铃，值班骑手也穿好衣服鞋袜，坐着等待，不能睡觉。外面专门有人值班，听有没有马铃响，若听到有马铃响，就大叫一声"快马来了"。骑手翻身上马，与送信的两马并行慢跑，在马背交接，接过火燎毛文书包的骑手即快马加鞭赶到下一个驿站。交班的骑手下马休息，驿站专门有人喂马。大店驿站就准备迎接下一个骑手了。民间信件当时只有十八九的青年步行走路送信，有时也到驿站歇脚。

大店的东西南北四个门都是两层楼房，下面是两扇大铁门，白天开着，太阳落山时就关上。楼上有一个房间和阳台，住着守门的伪军。"好男不当兵"就是指这些伪军。他们中有地痞流氓、赌徒、酒鬼、吸鸦片的，日本鬼子到大店附近村子扫荡，他们就成了日本人的帮凶，冲在前面开路，日本鬼子跟在后面。田凤藻的家就在大店附近，深受其害。日本驻大店的最高司令官叫柴田司令，日本鬼子的驻地叫红部，后来日本人不愿和伪军住在一起，在大店东门外建了新的单独住地，叫小东京，周围挖了很深的壕沟，拉上铁丝网，日本人牵着大洋狗站岗。当地人听到小东京这个名字都感到害怕。伪军为了安全起见，在丁字街口也建起了炮楼，炮楼上有枪眼,当地人称丁字街为笆头街。

1943年冬天的一个傍晚,我们村子突然集中了穿灰军装的部队,游击政府的人员都穿着便装,我们知道是八路军的大部队来了。村子的各条路口都被封锁,不准村子里的人外出。开始并不知道是怎么一回事,直到半夜见大店火光冲天,能听到小钢炮声,这时才知道八路军在攻打大店集——日本鬼子驻地小东京。村子里仍然有穿灰军装的部队熙熙攘攘,可能是预备部队,一夜之间就把大店日本鬼子的据点打掉了。大店集是宿东的重镇,把它打掉了就切断了日本鬼子向皖东北根据地和苏北根据地进攻扫荡的路线。八路军打下大店一周后,我和母亲去了大舅家,大舅一家都还安全,隔壁维持会长闵凤山的家却是一片狼藉。小东京已是一片焦土,余烬还在燃烧,听说宪兵队队长蒋金榜是在东岳的戏台后被捉到的,闵凤山的儿子小畅也不知去向。

大店日本鬼子的据点被打掉以后,皖东北游击区和苏北根据地就连成一片,我们那里成了解放区,大店区人民政府成立,陈继树任大店区的区长,对大店进行整顿,挖围墙、平圩壕子、扒炮楼。田凤藻告诉我,大店平定后不久,当时任宿东地委委员王峰舞来看望他的父亲田明伦老师。他是田老师在宿县城里教书时的学生,向田老师讲了世界及苏德战场的形势,动员田老师出来任教。

双庙小学又开学了,也更加发展了,调来新的老师,外地的学生也更多了，仍然是柳明五任校长。柳明五要把王庙小学的老师王子渊请来任教。王庙小学就在我二姑家两半昌附近。学校派我和祝元凯去帮王子渊老师扛行李。王庙小学还有姜宗海老师本来也要到双庙小学任教，但他认为离家远，不愿来。姜宗海和我家有亲戚关系，我叫他表兄。他有个妹妹后来嫁给我的同学王立朝。据我五妹说，姜宗海表兄的妹妹还在，谈到小时候，她对我还有一点印象。学生多了，教师多了，房子少了，学校就决定扒神像、拆神台，我们师生一起动手把泥塑的神像扳倒，把泥块抬到庙台之下掷了。

日本鬼子投降之前，学校就组织我们宣传抗日战争要胜利的消息，唱流行的歌曲："墨索里尼灭亡、希特勒已投降、日本小鬼子不久长。"等日本鬼子投降后不久，突然有一天，柳明五宣布学校要解散了。他和王清江几位本地的老师回家，冯勃民等外地来的老师及几位大学长跟着新四军北撤。冯老师走的时候没有把他的母亲带走，把老太太留在双庙小学附近的小屈家。这个村子很小，只有几户人家，不利于老人居住，我们几个学生家长商量，决定把老太太接到我们的村子里，因为村子大，就把她安排在比较僻静的程树法空下的房子里。程树法也是双庙小学的学生，比我还低一个年级，开始我们几个学生轮流送去白面和高粱面、红芋，也送去烧柴。日子长了，她坚持要讨饭、拾柴，刮风下雨她就不出去要饭，我们就轮流把她接到家中躲避风雨。在国民党统治的几年时间里，没有人告发她的儿子跟着共产党走了。她很坚强，以后就和村子里老人在一起乘风凉，晒太阳，人们都叫她冯老太，日子过得还算安静。

我又失学了，在家干农活。我又由学生变成农民。冬天夜晚，邻人还是围在我家的小案板前，在微弱的灯光下，我可以拿着绣像唱本说书给他们听了。

再说我家的西堂屋

买下西堂屋那处宅基,二大爷又搬走了。父亲除了盖上两间堂屋,又盖了两间西屋,前面拉了围墙,盖上门楼,就成了一个院子。我祖母带着我和弟弟在这个院子里住了几年,以后就由山东来的姓张的粉把式在这里开了粉坊,再后来成了游击队的联络站,乡政府的驻地,我们家就没有人再住进来。

日本鬼子投降之后,国民党和共产党的和谈破裂,八路军、游击队都北撤了,紧接着国民党和还乡团来了。我最先看到的不是国民党的军队,而是还乡团。还乡团的成员不完全是逃亡地主或流亡富人,还有由于各种原因从游击区逃出来的人,还有当过伪军的人,现在回来了也都弄个乡长、保长干干。我们村子里没有还乡团,还比较平静,像丁集孜、王圩孜、祝圩孜就不同了,还乡团对共产党员的家属和跟着共产党干过事的人特别凶残,有着冤冤相报的复仇心理。

1947年春天,我姐姐要出嫁了,在她出嫁前的几个月,父亲就请了木匠为她做陪送嫁妆。那个椿树锯了,经水泡后风干,已经不会变形了,就用它为姐姐做嫁妆。就在这时候有一天晚上,突然来了几个带枪的人,把父亲抓走了。我们家就像天塌下来一样。母亲还算镇静,她把家中的事向我们家的大领郑德江做了交代,就为父亲的事奔波。她先到我大舅那里,经过两天的打听才知道父亲被周营保保长黄凤宇抓去了,晚上母亲回来,准备明天一早去保公所找保长黄凤宇。

这已经是父亲被抓走第三天了,母亲还未出门,郑善仁大爷来了。他对母亲说:"弟妹,我已经打听到善玉被关在什么地方了。黄保长说你们家住着共产党,善玉即使不是共产党,也犯有通共罪,弄不好要送黄山头枪决的。"母亲说:"善仁哥,不能不明不白就给他定下这样的罪名,让黄凤宇来查,如果郑善玉是共产党,拉到黄山头枪决我连尸都不去收。"善仁大爷说:"人还没有带走,我看还是想想办法吧。"母亲说:"善仁哥,既然是这样,事情就拜托你了。你给黄保长捎个信,看他的意思想怎么办。"善仁大爷走后,德江说,当时怎么没有一刀把他砍死。德江所说的事即是早几年善仁大爷被金山大爷砍了两刀的事。

又过了一天,父亲就回来了,一边筹办姐姐出嫁之事,一边筹钱送给黄凤宇。姐姐出嫁是婆家用花轿抬走的,我按照习俗扶着轿杆送她一程。我回来时对姐姐说一声:"姐,我回去了。"即嚎啕大哭起来。按习俗,姐姐出嫁三天要回门,要用大车把她接回来。德江虽然地里的活干得很好,但他不会赶车,还是明德哥赶车去把我姐姐接回来,当天下午又送回去。姐姐出嫁的事才算告一段落。父亲和母亲就集中力量筹钱。明全哥、明财哥都表示愿意帮忙。父亲都谢绝了,他宁愿变卖东西也不愿借债。家里虽然积蓄了一些银元,那显然是不够的。除了口粮,其余的粮食都卖了,大红犍牛变成小氏牛即小母牛,大青驴变成又瘦又弱的小红马,最后付了多少银元我不知道,只记得父亲把一小袋银元交给善仁大爷,保长黄凤宇再也没有来找我家的麻烦。

这事过去不久,不知什么原因,周营保由营立宽当了保长,又把保公所安在我家西堂屋中。保队长是王朝玉,保丁是邓演武。我的大妹还很小就由营立宽做媒,与王朝玉的儿子订了娃娃亲。王朝玉是个很复杂的人物,从小是孤儿,在流浪中长大,流浪到大店南边的八里,认顾占魁为师,顾占魁是青帮。王朝玉只有九个指头,外号是九爪龙。国民党来了,顾占魁让他打进国民党。因为王朝玉是小黄河北面沟北闵村的人,所以就叫他到周营保当了保队长。国民党来了,土匪又多了起来,兔子不吃窝边草,王朝玉也是青红帮的人。他就通过关系和一些土匪头子打了招呼,谁要到我的地盘胡作非为,可别怨大哥不客气。在王朝玉任保队长期间,周营保内的村子没有遭匪祸。淮海战役前夕，国民党地方武装和解放军在三铺打了一场遭遇战，王朝玉被打死，尸体还是被送了回来，葬在小黄河大桥旁的地里。

1948年秋，淮海战役打响了，主战场在宿县西南的双堆集，刘伯承、邓小平、陈毅、粟裕、谭震林组成的总前委设在萧县。我们那里是淮海战役的后方，关老陵宽阔的地带成了野战医院。打谷场上，面粉、粮食堆积如山，面粉是玉米面，粮食是小米。军队和支援前线的民夫像潮水般来来往往，都是路过，没有长驻。我家的西堂屋住了解放军，墙上挂满了地图，有几部电话机。他们当中听电话的，在墙上或伏在案上看地图的，来来往往乘吉普车的，开摩托车的，骑马的，都来去匆匆，一片忙碌的景象。对我也不避讳，可以进去看看，看不出是什么级别的指挥官。解放军像潮水一样，有的住了两个晚上又开走了。也无所谓是地还是路，小麦地也都走成了路，一批走了，新的一批又住进来。公路上也有成群结队的国民党的败兵，也像潮水般向南方走去。南下的解放军和他们并行，除了解放军战士和他们偶尔开几句玩笑，他们并不怕解放军，各走各的路。一天，蒿沟小学校长谷元芳突然来了，背着一个小行李卷，他是从南方过来的，在我家待了两天就走了。父母也没有问他从什么地方来，到什么地方去，他说要回老家谷楼子。谷楼子离我们村子只有三十多里路，他走的时候，母亲只是向他的行李卷塞了几个煮熟的鸡蛋。

淮海战役结束，共产党的地方政府都建立完善起来。一天大店区公安区员王殿升突然把我父亲带走，说我们家和国民党有联系，国民党杀了他弟弟，我们还把粮食借给保长营立宽，和王朝玉又是儿女亲家。这当然是指营立宽当保长时，把保公所搬到我们家西堂屋的事。营立宽是白面书生，当时家中生活困难，的确向我们家借过粮食。父亲送给他一斗小麦、一斗高粱，还是保丁邓演武帮他扛回家的。另一条是我的大妹还小时由营立宽保媒，和王朝玉的儿子订了娃娃亲，这就算我们家和王朝玉有了关系。王殿升有个弟弟在国民党时从大店回家，到了小黄河被打死了。小黄河这段地方上不着村下不着店，有些拦路抢劫谋财害命的事常在这里发生。我父亲的表弟、我奶奶的亲侄子就是在这个地方被拦路抢劫的人杀害的。当地的人都知道那地方很乱，不安全，傍晚的时候不敢经过那里。

王殿升是公安区员，随便把一个人带走放在那里。我父亲也在共产党领导下生活过，也有不少共产党的干部住在我家西堂屋，在我家吃饭，所以他一点也不怕。他心中还在想：看你能把我怎样！王殿升带着我父亲在乡下转了两天，回到区政府所在地，没有办法了，就对我父亲说，你到亲戚家去住吧。父亲在大舅家住了两天，看看没有人找他，他就自己回家了。走到大店区政府门口，正好碰到王殿升，王殿升向他瞪了一眼,哼了一声,什么话都没说。父亲也瞪了他一眼,哼一声就走了。走了几步又回头看看王殿升,没有跟在后面,他才放心地回了家。

就是因我家的西堂屋,我的父亲才遭受了两次磨难。

郑重夫妇和海瑶及海歌、向红夫妇（后排左二、左一），1991年

郑重、武仲英夫妇和海歌（右二）、向红（右一）、海瑶（左一）及小木头（左三）、豆豆（抱于手中），2003年

父亲和他的第四代小龙

郑重和外孙女豆豆，2005 年

漫长的小学生活

父亲不想致富发家，就把注意力转到我念书的事情上。国民党统治时，我们那个地方没有学校，无书可念。这时明财哥的内弟尹树森到他姐姐家，顺便告诉我他已在蒿沟小学读书。父亲就想把我送到蒿沟小学去念书，但是蒿沟没有亲友，没有落脚的地方，筹划了半年都没有去成。还是大表哥吴庆海有一位把子兄弟赵培在蒿沟开肉铺，我去蒿沟小学读书就在他家落脚。白天可以到学校去读书，晚上回到家，但没有念书的地方，很苦恼。在学校认识了邵树林。他说他家有房子，我就搬到邵家别院。我一个人就住邵家的三间屋子。邵树林只有母亲和一位小妹妹，家里的房子的确很多，临街的几间租给别人做生意。邵树林和母亲、妹妹住在正院里。原来他家中很富有，此时已经衰落了，他还有一位姐姐在八路军的部队里，我没有见过。我到上海复旦读书时，还打听到邵树林带他母亲到杭州他的姐姐那里去了，以后就再无消息了。

住进邵树林家之后，父亲从家中到蒿沟来安排我的生活，带来家里蒸的馍和烧稀饭用的小米，帮我买了锅，还有烧柴及砖头，为我砌了灶台，还到前院对大娘表示感谢。大娘对我很好，经常来别院看看我的生活情况，送上她烧的菜，有时干脆留我在她家吃饭。从我家到蒿沟有十八里路，平时很少有人到蒿沟赶集，父亲也不可能经常来看我，生活上主要靠大娘照顾我，虽是几十年前的旧事，每忆及此，我对大娘及树林兄弟有着许多怀念，恨不能回到当年，重过在邵家别院的那段生活。

蒿沟是十字街，东西街有一条可通宿县的大道，蒿沟南头有唐河，已经是一条旱河了，除了夏天，秋冬春三季都没有水，现在这条河已经消失了。蒿沟的北头是濉河，长年有水，可以行船，不知它从哪里来，也不知它流向何方。蒿沟小学在蒿沟南北街的南头，傍临唐河。校长是谷元芳，教官是孙惠祖。孙教官又是体育教师。每天清晨都是孙教官指挥升青天白日旗，念总理遗嘱，唱三民主义的歌。2004年我回到宿县，把孙惠祖老师从蒿沟接来见上一面，他说他的一生都在蒿沟小学度过的，教书育人，无党无派，一生平安，他现在仍住在蒿沟小学。有一次我们中学同学聚会，苗克齐从西安来，他说我们一起回蒿沟去看望孙惠祖老师，因别的事未能成行。苗克齐是我蒿沟小学的同学，后来到宿县读中学时又是同班同学，高中毕业后他去天水步兵学校，从此终生从军。

在蒿沟小学，我读五年级，现在还记得不少同学的名字，刘思平、刘毓秀、马子成、孙明霞、孙光淑、马成俭，老师有几位都姓孙，现在记得的还有孙慰祖老师。功课有语文、算术、历史和地理，学地理时蒙古还是中国完整的一个省，没有分内蒙古和外蒙古，画中国地图还是一片完整的桑叶，画地图时用水彩填色，每个省都以颜色区别，看去很清楚。数学有鸡兔同笼，共有多少条腿，要算出有多少只兔子和多少只鸡，用算术做题，觉得非常复杂。中学学了代数，用代数的方法做就非常简单了。元旦时出墙报用同样大小的纸，把自己的文章用毛笔抄出来，我和两位同学担任编辑，要排版、插图，文章的标题要加以美化，都是同学画的。墙报编好之后，张贴在街头的墙壁上。虽是风雪交加，街上的行人还是会驻足观看。平时学校在内部经常办墙报，还有作文比赛，在蒿沟小学过了一年，还像个念书的样子，读了一些小学课程。

少年时代受绣像小说的影响，痴迷杨家将的故事，小说中杨潘两家势同水火，忠奸不容。潘仁美是奸臣，迫害杨家。在蒿沟南边有杨潘两家的两个湖，杨家湖水清，潘家湖水浑，两个湖的水放在一起，清浑分明。蒿沟那边姓潘的人家很多，我们老师都姓潘，到了蒿沟又听到潘杨两家的传说，而且的确有潘老湖，我生来对考古很有兴趣，就和苗克齐、谷宗鲁、尹树森结伴而行，寻找潘家湖和杨家湖的遗迹。那边的湖很多，有一个村子名字就是潘老湖，考察无着，我们就攀登九顶孤堆，就是有名的潘孤堆，围绕孤堆只有一条路，寸草不生，就像天天有人走过似的。考察半天，连一块断砖烂瓦都无，那条小路当时就有传说，现在都忘了。20世纪50年代考古队对那九顶孤堆进行挖掘，郭沫若还亲自去察看，有解放军站岗守卫，结果什么遗物都没找到。我翻过考古资料，也未能查到对这次发掘的记载。蒿沟人对历史多情，把潘姓和小说中的潘仁美联系，称潘仁美是他们潘氏祖先。大店因为姓闵的是大姓，唱戏说书从来不演鞭打芦花这出戏。闵子是孔子的学生，后娘冬天不给他做棉衣，他的棉衣是用芦花填塞取暖的。父亲听了后娘的话，用鞭子打他的时候，才发现衣服套的不是棉花，而是芦花。其实闵子是夹沟人。在武仲英老家龟山头附近有个闵贤村，闵子塞墓、闵子碑都还在，武仲英带我去看过闵子墓，墓前有一棵老柏树，不知从什么时候种的，一直生长到现在。

在蒿沟小学读完了五年级，1948年秋季开学读小学六年级，小学毕业就准备去宿县读初中了。可是没等秋季开学，原来北撤的共产党机关都回来了，学校无形中就解散了。到了秋天淮海战役打响，学校不办了，我又无书可读了。

淮海战役期间，原来在双庙教书的冯勃民老师回来了，骑了一匹马，在解放军部队能骑马的应该是营级以上的干部了。他到村子看望他的母亲，又和几位学生的家长见了面，说了一些感谢的话，并说，还不能把母亲带走，还需大家继续照顾。后来又来一次，是和妻子一起来的，这次才把母亲带走。老太太到一些人家表示谢意，还有些依依不舍的样子，从此就无音信了。我大学毕业工作以后，从宿县教育局的一位中学同学那里，偶然听到冯勃民老师的消息，说他在曹村小学当教师，他的妻子也是教师，他的母亲好像不在了。

北京青年冯勃民、带着母亲参加革命的冯勃民、有着男中音歌喉的冯勃民、随军北撤的冯勃民、随着解放军南下骑着战马的冯勃民，为何与宿县结下了不解之缘，最后仍然耕耘在小学的园地中，在生命结束之后又安葬在宿县的荒山野岭中？

1949年9月，双庙小学又复校开学。我们是小学生，唱着《义勇军进行曲》庆祝中华人民共和国诞生，因为是新学的歌曲，音调不准，歌词记得也不完整，总算参加了共和国成立的大典活动。

双庙小学校长仍然是柳明伍，还带来了两个学生柳树兰和柳现孝，还请来教师田明伦、韩子明，他们都是宿县的教育家。田凤藻已改名叫田野，他曾给我看了田明伦老师的一首诗："异乡留滞若天涯，遍地烽烟一雁斜。欲返故园行不得，竹报平安胜还家。"他和韩老师共同过着颠沛流离的生活，韩老师给他画了一幅竹子，他从中得到安慰，写了这样一首诗。还有徐瀛洲也到双庙小学教书了，他是双庙附近徐家村人，北京朝阳大学法律专业毕业。过去不大知道他，这时才知道。还有几位很有学问的人，王昌茂家住双庙附近小王家，曾跟我外祖父念过书。夏长营是苗庵附近夏庙村人，刚从徐州高中毕业就来教书了。我从双庙小学毕业没有联系，直到他退休之后的几十年，我打听到他在宿县城里的住址。我们才通了信，并准备回家时去看他。但我们师生未能践约，他就去世了。王清江老师的年纪很大，已不能再出来教书了。其他还有几位老师名字都记不清了，这次来校任教的多是本地教师，学校的学生从一年级到六年级都有。六年级只有三个学生，除了我，还有祝元凯、尹树森。祝元凯从小学一年级就是我的同学，尹树森是我在蒿沟小学读书的同学。此时的课本都是解放区学校的课本，比我们过去的课本内容要丰富得多，也深得多。也可能是田老师看到仅课本无法满足我求知的欲望，就主动提出在课外的时间给我讲一些古文。没有教材，程仁忠就把他哥哥程仁杰生前读过的四册《古文观止》送给我。书上许多篇文章都用红笔圈点过，田老师一看到这四册书就流泪了。这是他在大店小学教程仁杰时用的书，那些红色圈点都是他画上去的，表明这些文句重要，也表明圈点了的都是程仁杰读过的。程仁杰是田明伦老师的外甥，也是他最得意的学生，可惜英年早逝，见物思人也就难免伤感了。

  韩子明老师给我画了一幅《风雪夜归人》，是一幅水彩画。画上没有人，只有房子，有一串脚印通向房子，房子门前有一条小黑狗。我父亲也很欢喜这张画，我离家外出读书后，他还把这张画保存多年。徐瀛洲也给我讲《古文观止》，他给我讲的多是策论，如《战国策》、贾谊的《过秦论》，他特别欢喜贾谊的文章。田老师讲的多是散文，如《桃花源记》《醉翁亭记》《秋声赋》等。

那时学校的开支还是靠庙产的收入，我们还代表学校到草寺、苏庙等租种庙产的人家那里去催过租金。因为没有和尚了，教师的工资也是从庙产的收入中支出。大概到中华人民共和国成立之后，庙产地租才取消，由政府发钱了。

不久，柳明五就被调到大店小学任校长了，田明伦、韩子明也调走了，接着又来了田砚农老师。他是田明伦老师的侄子，原名田凤山，曾在宿县城崇真中学读过书。淮海战役结束后，华东军政大学招收一批青年知识分子培养南下渡江干部，田砚农考进了华东军政大学江淮分校的新民主主义研究班，在渡江前夕，他因送一位生病学员回家，失去了随部队渡江的机会，就到双庙小学教书了。他教我们语文，给我们带来一些新民主主义的新知识。

有一次语文考试，我在试卷上把原来郑明昭的名字改写成郑重。因为那时抗美援朝，经常看到报纸有郑重声明的字样，我觉得很好，就把名字改为郑重了。田砚农把批阅的试卷发回时，站在讲台上用手指头捏着试卷，还抖了抖，厉声地问:"郑重是谁?"我站起来回答:"是我。"他说:"你没有经过我的同意怎么随便改名字,幸亏班级只有三个同学,要是多了,我知道你是谁?"我当时心中虽然有惭愧,但没有把名字改回原名,仍然坚持用郑重。后来的老学长王孟儒给我写信时,一直用明昭,而不用郑重。以后学校参与的政治活动也多了起来,如批判会、斗争会、公审会等,只要是群众性的集会,大店区的小学都要参加。双庙小学距离大店十四华里,即使是满路泥泞也要去参加。不管离大店集多远的学校,都要去参加开会。那天我们带着馍,很早就到学校集合,田老师带领我们结队前往。有时开会要等很长时间,在等待开会的那段时间里,各个学校要拉歌,会场歌声此起彼伏,气氛热烈。拉歌时某个学校指名要另一个学校唱歌,如有学校喊:"双庙小学在哪里?"其他学校学生会用手一指说:"在那里。""要他们唱歌好不好?"一呼百应,全场学生都会大叫:"好!"这时不唱不行,唱过之后,并没有结束,又有学校马上会喊:"唱得好不好?"众答:"好。""妙不妙?"众答:"妙。"领队的人又说:"再来一个要不要?"众答:"要。"这样又不得不唱,如果装聋作哑,不予理睬,那就输了。老师也会感到不光彩。我们学唱歌的任务很重,所幸的是不一定都唱革命歌曲,老师会唱什么歌就教什么歌。老师教我们唱歌也感到是很大的负担。

  大店区公审营立宽、邓演武的大会,我们双庙小学也参加了，对他们的罪状已经记不清楚，只记得当时的口号是"周营保里三只虎，立宽朝玉邓演武"。公审大会结束就把他们拉到马号汪处决了。我们还参加了王朝玉的师傅顾占魁的公审大会，也是在马号汪把他处决了。大店公审要处决的人都是在马号汪，这样，马号就由原来的驿站变成处决人的法场了。重大的反革命都送宿县，由县里公审之后拉到黄山头去处决，姓闵的有几个人就是在黄山头处决的。学校又来了秦臻老师，她刚从崇真女中毕业就到乡下来教书了。她很活泼热情，教一二年级，秦臻老师来了之后，田砚农老师就调到大店区任文教干事，以后就不再有音信。几十年后他来上海，要我给他写离休证明，证明他是1949年7月1日之前到双庙小学教书的。我如实地写了，还有其他登记资料，都可证明。他晚年享受离休干部待遇，这时我才知道他是地市级黄梅剧团的编剧，写了几个黄梅戏的剧本。他的堂弟田野寄来他写的诗，其中有一首是悼念他的伯父田明伦老师的，曰："年幼读书家境贫，有谁接济到寒门；多蒙伯父怜犹子，白首难忘教养恩。"还有一首："树人重任铁肩担，教育英才四十年；桃李花开多硕果，至今闾里称乡贤。"曾经和田砚农共事的王昌茂老师住在宿县人民医院，我去看他时，他也提到为田砚农老师写过他到双庙小学时间的证明。

小学毕业时双庙小学有我和尹树森两人，祝元凯因哥哥任国民党保长被处决了，他从此就不再念书。有时回乡，我们还想办法见面吃顿饭，聊聊家常。小学毕业有会考，全区的毕业生都汇集到大店小学统一出题，统一考试。全区有四十多位小学毕业生参加会考。这时我又见到柳现孝、柳树兰，大店小学的学生我也是大多数都认识。监考老师是田明伦，韩子明老师也是熟悉的，考试时我的心情并不紧张，但我的考试成绩不好。当时的考试成绩按分数的高低张榜公布，榜上最后一名用红笔打一钩，叫坐红椅子，我考了倒数第四名。带队的秦臻老师急得直跺脚，说原来指望我考前三名，怎么考得这样差。田老师和韩老师也很关心地问，怎么考得这样差。我说，我也不知道为什么这次考得这样差，败下阵来。我也感到替双庙小学丢脸。因为双庙小学是大店区的名校，大家都很关注这次会考的成绩。我以考试失败结束了小学生活。

双庙小学三名毕业生，祝元凯根本就不露面了；尹树森已在宿县一个粮站找到一个会计工作。我面临着三条路：一是在家种地，二是像尹树森一样找工作，三是到宿县城内读中学。我想的最多的是在家种地。父亲可能不想让我在家种地，要我到大店看看其他同学准备做啥。表兄吴庆碧比我低一个年级，对此事并不迫切，史士杰要到宿县城里读书，屈继贤说我们先到城里去看看。他家开糕点铺子，做封糕、寸金、麻片、羊角蜜、三刀子。他经常要骑着自行车到宿县买糖、青红丝、蜂蜜等糕点原料，这样他就用自行车驮着我进了城。

屈继贤对宿县城里是熟门熟路，我却是第一次进城。有津浦铁路经过宿县并在宿县设了火车站，屈继贤骑着自行车穿过东关大街，从大东门进入城内。所谓大东门，实际有两个城门，第一座门偏向东南，第二座门才朝向正东，在第一座门和第二座门之间有一块空地，以青色方砖铺地，称做瓮城。宿县给我的第一印象是高大的城门、宽厚的城墙。因为急于找学校，其他都没有留下什么印象。我们看了几所中学，只有青云中学是私立，又是新办的，可能比较好考，我们就决定报考青云中学，问清楚招生报名考试时间就回来了。

正当我们在报考青云中学时，柳树兰告知我们，大店小学要办中学补习班，就劝我在中学补习班读书吧。我们还可以在一起多待几年，原来大店小学校长柳明五想办中学补习班，文教区员王清秀不太支持，不向宿县教育局申请。柳明五以大店小学名义写了申请，让柳树兰、闫治安去宿县教育局找局长王延龄，可能是柳明五和王延龄相识，办中学补习班的申请居然被批准了。大店中学补习班办起来，我和屈继贤没有去考青云中学。补习班的教师都是从小学教师选出来的，也有新聘的，本想把崇真中学苏子翼老师请来任教。苏老师是大店苏庙人，他写了一封不能尽职桑梓的信，还是没能来。其他老师有陈慕石是大店街上的人，曾在济南一家报社当记者；再一位是王聚奎老师，他父亲留学日本，他是自学成才，英语、数学都能教；女教师王荣婉穿着旗袍，长长的大辫子盘在头上,后来调到湖沟中学教数学。武仲英从山东调到湖沟中学,和王荣婉成了同事,又是好朋友。虽然她们现在都已是老人,仍然有着当年的友谊,经常在电话中互致问候。

在大店中学补习班生活和住宿都要自理。开始我在大舅家住了几天,他家的表兄妹多,久住也不是办法。我三舅的女儿嫁到大店,我称她为表姐,她的丈夫闵现新在大店小学做饭。闵现新哥哥有三间东屋空着,就让我住了进去。这时田野在大店小学读六年级,本来他可以跟他父亲田明伦老师在大店小学吃饭住宿,可是他非要和我吃住在一起。吃住上的事都是自己动手,房东是位驼背,没有结婚,喜欢到我们这里谈天说地。他高兴时也会亲自买菜做饭,和我们共餐。他是一位很有风趣的人。就这样我和田野同吃同住,并结成朋友,七十年不变。

我们中学补习班学生常被区政府拉官差,如为区政府到乡下送会议通知,帮助信用社收购粮食,参加各种集会,排话剧《白毛女》,柳明五的妹妹柳爱英演白毛女,闫治安演黄世仁,柳炳新演杨白劳,我演赵大叔,谁演穆仁智和谁演大春都记不清了。虽然是中学补习班,但不是读书的地方,我们都想离开中学补习班,只学了一年,同学都纷纷离开。大部分同学都找了工作,柳树兰考上了符离师范学校,后来任小学校长;闫治安去了启秀中学,初中毕业就参军进了部队文工团；史士杰考进了宿城一中插班生，和武仲英成了同班同学；我和屈继贤考了崇真中学插班生。开学有一段时间了，还没接到录取通知，我和屈继贤又去崇真中学询问，见到苏子翼老师。他说你们怎么还不来上学。我们说没有接到通知，不知有没有考上。苏老师说你们两个傻东西，怎么会不录取呢。就这样我和屈继贤进了崇真中学同班共读。

从此，我就完全告别了普通的乡村大郑家，也离开了大店集。我和屈继贤从初中到高中都是同班同学。高中毕业他考进了复旦大学化学系，我考进了复旦大学新闻系，史士杰考取了上海交通大学。据说我们少年时代的朋友，大店中学补习班的同学，现在有不少人已驾鹤西去，有的失去联络，只剩下田野、史士杰和我，称"大店三友"。进县城读书，我就完全离开农村了。风雨苍黄七十年，我觉得我的骨子里还是农民。人生如此而已。

二〇一〇年草于南非约翰内斯堡
二〇二三年十一月补充修改于海上梧桐人家